母を看る　犬を看る

おひとり様女子の介護録

かねこつなこ

文芸社

はじめに

これは2022年6月に母が倒れてから2024年5月まで、母と過ごした長女である私の記録です。

母とは父が亡くなった2003年の後に同居を始めました。佐賀県から始まり、次は千葉県に移って現在に至ります。

同居を始めた当時の母は今の私とさほど変わらない年齢でまだまだ元気でした。しかしその後20年に満たない間に軽度認知症を発症し、転倒や帯状疱疹を経てついには倒れて寝たきりになるまでの大きな変化がありました。

元気な頃にはぶつかってケンカばかりしていた私たち母娘でありましたが、母が倒れてからというものはその関係はもちろんのこと、私からの母の見え方もまたこれまでとはまったく違ったものとなりました。

思い起こせば幼少期、青年期、中年期を経て現在とそれぞれの時代ごとに異なる母の一面を見てきたように今では感じています。

これはそんな母とついでに飼い犬のタラベの介護を通して向き合った濃い濃い濃〜い約2年間のお話です。

目　次

1　＊母が倒れた日のこと

２０２２年6月24日（金）。

その日は季節外れの猛暑日。

仕事からの帰りに買い物を済ませて自宅に着くと、飼い犬1号タラベがイの一番に家の中から顔をのぞかせた。普段から困り顔なのだが、その日はもっと困り顔のように見えた。

「ん？」どうしたのだろう、家に入るといつも出迎えてくれる母の姿が見えない。

4年前にかかった帯状疱疹と1年前に転倒した時の骨折の後遺症で、日常生活にはさほど不便がないし庭仕事程度はできるものの足が少し不自由になっていた。ひとりでの外出はあり得ない。はて、庭にいた気配もなかったようだったけれどな？　そう思いながらあらためて家の中から庭を見渡してみると、隣家との境にある塀際に倒れている母を発見した。

慌てて駆け寄り声をかけるが反応が弱い。それでも心臓は動いているし、息はしている。すぐに消防署に電話をし、救急要請をした。

母の身体は汗で湿って冷たく、失禁もしていた。顔色は悪く、私の呼びかけに唸るように反応する感じで、そのうちにそれもなくなっていた。

しばらくして救急車の音が聞こえてきた。すぐそばまで来ているように聞こえるのだが、なかなかここに到着してくれないという印象。ひたすらにじれったい時間だった。

やっとこさ救急車が到着して自分ひとりの状況を脱してひと安心した。

その間に名古屋在住の弟に電話で母の状況を告げると、「とにかく自分動くわ」とのこと。すぐこちらに向かってくれるようで心強い。

病状が難しいのか受け入れ病院をあちこち当たっているようで、救急車が出るまでに結構長い時間がかかっていた。救急車に同乗したために帰りの足がなくて困ったという人の話を聞いていた私は「後から車で追いかけます」と言ってみたが、承諾を取らないといけないことがあるかもしれないから同乗してくださいとのこと。仕方がないから救急車に一緒に乗り込むことにした。

とりあえずS病院へ。「救急車って結構揺れるものなのね」などと、初めて乗った救急車の乗りごこちを思ったりしながら母の手を握っていた。

消防車が先導してくれて家から20分くらいのところにあるS病院へ到着。

救急隊員に「母は大丈夫ですよね？」と聞いてみるが、大変困った顔で、「自分たちの口からはなんとも言えません」と言われる。そりゃそうだよな。この人たちはとりあえず運び届けることが仕事なのだから。と理屈では分かっていても、話ができる人に確認してみたかったのですよ、母の無事を。

検査の結果は「動脈剥離と脳梗塞を併発していてうちでは見られないので、大きな病院へ移送します」とのこと。

で、また時間がかかり、結局家から45分ぐらいのところにあるK病院へ。

検査を待っている間、「帰りの足を確保しておいてください」と言われる。前職場の頼れる先輩Mさんにお願いしてみるとふたつ返事で快く引き受けてくれ、病院まで来てくれた。Tシャツ1枚で冷房に震えていた私に上衣を持ってきてくれたりして助かる。人と話ができたことで少し緊張がほぐれ、ほっとすることができた。

それにしても検査に時間がかかっている。明日出かける用事があるとのことだったしこの調子だといつまでかかるか分からないので、せっかく駆けつけてくれたMさんには申し訳ないけれどよくよくお礼を言って帰ってもらうことにした。スマホの充電がなくなりそうで危なかったので、電話も借りられて大いに助かった。

その後、夜中の1時に名古屋から弟が到着。事情を聞いたタクシーの運ちゃんが、「そういうことなら！」と飛ばしてくれたとのこと。弟は周りの人を「力を貸してやろう」という気にさせる、そんな人間だ。

検査をした医者からは「厳しい」「厳しい」と、手を替え品を替え、挙句の果てには人を替えてまで言われ続ける。「もう危ないから、積極的な治療で苦しめるより楽にさせてあげた方がいいのでは？」……というようなニュアンスを感じる。

ドクターからクールにそんなことを言われて揺らぐが、弟が「できるだけのことをしてやってください」とはっきり言ってくれた。

病室も個室でお願いする。母がこれまで働いて稼いだお金を、母の快適のために使って当たり前。そう思った。

(この時の判断が後日功を奏することとなる)

やっと診断が出て病室に落ち着き、弟も寝ているような状態ではあったが母に面会がかない、あとはやることがなくなったのが、夜中の2時半頃だった。私が夕方の6時頃に倒れている母を発見してから8時間以上が経っていた。

しかし帰りたくても足がない。頼みの綱だったタクシー会社に電話しても留守電だ。仕方がないから大通りに出てみることにして1時間ほどふたりでタクシーを求めてうろつくが甲斐なし。

病院に戻り事情を説明してICUの待合室で夜を明かすことになった。しかし、海鳴り（K病院はオーシャンビューなのだ）と自動販売機の音でほぼ眠られず。4時半頃だろうか、他にすることがなくて、暇つぶしに壁に貼られていた印刷物を見ていると病院から高速バスが出ていることを発見。建物を出て待っていると、最寄りの駅では止まらないとのことでガックリ。で、仕方ないので電車を使うことにして最寄りの駅まで歩く。2キロ程度なので、なんとか歩けるだろうと歩き始める。田舎での生活には車が欠かせない。普段は犬の散歩くらいしか長距離を歩かない身にとっては結構遠く感じられたが、なんとか歩き通して電車の時間にも間に合う。乗り換えの接続もばっちりだった。新型コロナウイルス感染症が流行して、しばらく出かけることを控えていたので、電車に乗るのは本当に久しぶりだった。

電車が最寄り駅に着くまでに、わが家から直近の場所を通過した。「ここで停めて〜」

と。弟とふたりで小さく叫ぶ（笑）。

駅からはまた徒歩。今度は早朝と違って真夏のような太陽がぎらぎら照る中、20分ほど大汗をかきながら家路に向かった。

弟のゴロゴロ鞄の底が擦れて破れてボロボロになってしまうし、散々だったけれど、到着！　嬉しかった。

帰宅後飼い犬のタラべのしっこの始末（この当時15歳で、時々室内でも漏らしてしまうことがあった）や、掃除、急遽来てくれた弟の布団の用意や洗濯と、何やかにやで忙しくする。

昼はそうめん。こういうものしかおなかが受け付けない感じ。

夜はビールで乾杯！　なんとか1日しのげた。

そう言えば、ビールで乾杯なんてしたが、この後で病院から母急変の連絡が来たらどうするつもりだったのだろうか？　今から思えばなんとものんきな兄弟だった。

2

＊K病院での入院生活

母はかなり危ないという状況のまま、ＩＣＵ（集中治療室）で入院生活が始まる。手術をしないと絶対に治らない病気なのだが、年齢のこと、血管がもろくなっていることなどから手術はお薦めしないということであった。意識が戻った後の母の希望もあって積極的な治療はせずに保存加療ということになる。

医者は終始「危ない。危ない」と、いつどうなってもおかしくないという趣旨のことしか言わないのだが、看護師さんは「小さな声で名前を言えた」と教えてくれた。その他にも目を開けてこちらの問いかけに小さな声ではあるけれど受け答えができたこと、具合の悪いところはないかと聞いたらうなずいたりしたことなどを教えてくれた。

母はもう死んじゃうのかしらんと思っていたので、この言葉のひとつひとつのありがたかったこと。それを聞くたびに泣いてしまった。

医者に難しい病状を説明されるより、看護師の言ってくれる一言一言の方が、この時の私たちにとっては１００倍くらいありがたいものだった。

今から思えばどちらも同じ母を見ての目線の違いだけだったのだけど。かなり危ない状況だったのもこの時の母だし、人の問いかけに答えられたのも同じ母だったのだ。

家族である私たちはいい方の情報にすがりたかった。

家では弟と家の中をあさって母の保険関係を整理したり、放っておいたお墓問題を話し合ったりした。

車で面会に行く。さすがに車は早いし、楽だった。

道すがら海岸線を走りながら、「海はこんなにきれいなのになあ」と弟がボソッとつぶやくように言った。ほんとにそうだ。

面会に行った足で名古屋に帰るバスを待ちながら弟が、

「お母さんが最初に目が覚めた時って何時だったか、今度聞いておいて」と言った。「なんでまた?」「自分が寝ていた時、誰かに肩をたたかれたんだよ。それが11時ころだったからさー。あれ、お母さんだったと思うんだ」

えー!!! なんていい話なのだろう。すごいなー。だったら私が死ぬ時には出てきてねっていう約束も、母は叶えてくれるかもね、と言ってふたりで笑った。

その後の私は職場に行きながら、「今日は病院から呼び出しがあるか」「今日はどうか」と思いながら、一日一日を過ごしていた。

途中、また小さな急変（？）をはさみながらも母はＩＣＵからＨＣＵ（ＩＣＵと普通病棟の中間のような病棟）に移り、その後普通病棟へと移ることになる。ここまで来ることができるとは、入院当時には思ってもいなかったことである。


その間、私は休みのたびに母の顔を見に行った。コロナ禍でのことなので本来なら面会はできなかったのだが、母の病状がかなり危なかったこと、個室だったこともあって私は好きな時間に母を見舞うことが許されていた。

車の運転が得意ではなく、片道45分の道のりはうんざりするものだったし、よく眠くなったり、途中で足がつったりして往生した。

それでも意地のように通い続けた。行ける日にはほぼ行った。「あの時行っておけばよかった」と、後悔したくなかったからだ。

倒れるまでの母との暮らしは、母の軽度認知症のせいもあってトンチンカンでイライラさせられることが多かったのだけれど、一転してこんなことになると、これまでの生活が私にとってとても幸せなものだったのだと思えるようになった。

母に、優しくできなくてごめんなさいと伝えた。

「家の外で自分の思うようにいかないイライラをお母さんに向けていたのだと、甘えていたのだと思う」と伝えたら、「努力していたのは知っている」「でも努力が報われなかったんだよね」と返してくれた。

これには参ったたし、あ、この人は私を見ていてくれたのだと、この時思い至った。

そして、そんな人を私は失おうとしているのだと実感した。

朝のこと、つなこのことは何もしない

冷蔵庫に貼られた1枚のメモ。

これは母が倒れる前に私が赤のマジックで書いて貼ったもの。

母は私のことを何か手伝いたくて朝食の準備をしてくれようとする。しかしそのタイミングをはかることができないので、いつも私が朝食をとる時にお茶はすっかり冷めていた。

朝食の準備と言っても果物入りヨーグルトと紅茶を飲むだけだったので大したことではないし、できれば温かいお茶を飲みたい。冷たいヨーグルトを食べたい。私がやるからいいよと、何度言ってもすぐに忘れて母はやってしまう。自分でやる方が自分にいい具合に用意できると思った私は、先述のようなメモを冷蔵庫に貼ったという訳だったのだ。「朝は何にもしないことが私のためだと思って」と、今から思えば母にとっては残酷なことを言ったこともあった。

それでも母はやめず、しまいには私も意地のようになって怒り出す。

母は「やって怒られるなんて……」と不貞腐れる。

はぁ〜。なんとつまらないことでケンカをしていたことか。

母が私にしてくれることに、なぜ素直に感謝することができなかったのだろうかと、今となっては思う。

適温で入っていなかったら温め直せば済むことではないか。冷たくなくたって、用意してくれようとする人のいる幸せの方を先に感じるべきだったのではないか。今ならそう思える。

そんなひと手間や発想の転換を無駄に感じていた当時の自分の狭量さに、自分自身が今、頭を抱えてしまうのだった。

面会に行くと調子のよい日もあれば悪い日もあった

ある日、病室に入ったら母の苦悶の顔が。

胸が痛いと訴え看護師さんに伝えると薬をくれた。しばらく痛そうにしていたが、何とかおさまったようでそのうちに眠り始めた。「生きているだけで大変」寝入り間際に母がポツリとつぶやいた。

本当に頑張っているし、またつらい状況の時にもユーモアを忘れないところがすごいと思った。

「山口（母の故郷）にもう行かれなくなってしまった」と泣いていたこともあった。

「分骨すれば行けるよ」と言うわけにもいかず、かわいそうだった。本当に彼女の山口愛には驚かされたものだ。

7月8日、安倍元首相が銃弾に倒れる。衝撃的な1日だった。

次の日、母は顔色もよく、オーシャンビューの個室でほよほよとしていた（笑）。（ほよ

ほよとは、心もとない感じだが母なりに元気。低空飛行なれどそれなりに安定している雰囲気のこと)

安倍元首相暗殺のことを話したら、「お姉さんも気を付けないと」などと、とぼけたことを言ったり、オムツを交換してもらって、「気持ちよかった。こうやって生きて候」などと言い、私が笑わせてもらっている。

嬉しかったのは食欲が出てきたようだと看護師さんから報告があったこと。

液体を直接胃に流し込むのではお腹も空くわね。ひょっとしたら食事を食べられる日がくるのかしらん?　と思わせてくれる、嬉しいひと言だった。

「お母さんがいないとうちのパンがなくならないから早く帰ってきてよ」と、冗談を言ったら、「パンがなくならないから、早く帰ってきてほしいの?」と笑っていた。

病室からの景色は最高だった。外を見ていると、「ここはリゾートホテル?」と、一瞬錯覚しそうなくらいだ。

「こんないいとこにいて、良くならなかったらパーだよ」とは、母の言葉。

ほんとにそうだよ。必ず良くなってくれると思いたい。

インターネットで注文していた昭和の名曲と懐かしい歌のＣＤが届いたので、病院に持って行き、母に聞いてもらう。

動かせる方の手や足で拍子をとったりしている。昔から家事をやっている時は鼻歌を口ずさんでいたものだ。

オムツ交換時、今日の看護師さんは「下着を換えましょうね。」という声掛けだった。なんだかこの言い方が一番自然でさわやかだなと思った（オシモをかえましょうとか、オムツを交換しましょうとか、人によっていろいろな言い方があった）。


ＩＣＵとＨＣＵ、それと普通病棟それぞれ違う雰囲気がある。

普通病棟はＩＣＵの張りつめた雰囲気とは違って、看護師さんたちの笑い声や会話がさんざめいて聞こえてホッとする。話し方ひとつとってもＩＣＵの看護師とは全然違う。

働いている人を見ていると、適材適所だなと思った。ＩＣＵでは経験の少ない看護師の真摯な表情や姿勢、生真面目な様子がむしろありがたかったし、経験のある年かさの看護師のゆとりのあるほほえみはこちらに安心感を与えてくれた。

母は相変わらずほよほよしており、時折「何か不自由はしていない？」などと泣かせる声をかけてくれたりした。

母とはいつもうちの犬たちのシッコ話で笑っていた。今日はタラベがどこに漏らしたとかね。実を申せば始末が大変なのだが、どうせだったら笑い話にしてしまおうと。ある日などは別れ際に「元気でね」とダメ押ししておいたら、「それは大丈夫」と威勢のいい返事が返ってきて安心させられたりした。

そうこうしているうちに気が付いたら母が倒れて以来、1か月が経っていた。よく頑張ったねぇと言っておいたが、「倒れたの？」とのこと。そうだよ！

急性期病院から次を考える時期に

この間、急性期病院であるK病院から次の療養型病院への転院先を探していた。何軒か病院をあたっていた矢先のこと、これまでは鼻から管を通して栄養を入れていた母が、ミキサー食（ミキサーにかけて、トロミを入れ飲み込みやすくしたもの）ではあったが、口からの栄養摂取が可能になってきたとのことだった。

そうなると自宅療養という手もありますよという話がにわかに浮上してきた。

「母が自宅に帰れる!?」……まさに青天の霹靂だった。

倒れた当時にはいつこと切れるかとそればかりが心配だったのでまさか帰宅ができる日がこようとは思ってもいなかったのだ。入院当初、「もしもこのまま病状が安定したらお家に帰したいですか?」と相談員さんから聞かれて、その時には今日か明日かのこの状況でそれを聞くんだ? と内心ムッとしたものの、「もちろんです」と答えていたし、意識が戻った後で母に家に帰りたいか聞くと、家がいいとのことだったのでなんとまあそれがかなう形となったわけだ。

それからはケアマネさんや病院の相談員さんにいろいろお世話になりながら母を家に受け入れる準備を始めた。

病院では食事指導に薬事指導、オムツのあて方講習までしてもらった。

そんなある日、中国人の看護師さんにこそっと、「ビールなんてダメですかね?」と聞いてみたら、「病人にアルコール飲ますなんてそんなことする人はいません!!」とお怒りの言葉を頂きました。ダメか……。

母はビールが好きなので（と言っても350㎖缶一本でもいい気持ちになりそのうちに寝てしまう程度）何とかならないかと思って聞いてみたのだが、やっぱりダメですか。残念。

家に来てもらう訪問診療、訪問看護、訪問入浴、福祉用具（ベッド・車いす・スロープ）などともそれぞれに契約をした（これ、なんとかまとめて一度になりませんかね？それぞれに時間とって同じように名前書いて、判子を押して……。結構大変でした）。

これまで私は自分の部屋で布団を敷いて寝ていたのだが、母の介護ベッドを居間に置いたので、そのすぐ隣の部屋にある母がこれまで使っていたベッドを使うことにした。夜間に何かあってもすぐに気が付くことができるようにだ。

そして、食べ物の作り置き保存のための冷凍庫が足りなくなると思い、小型の冷凍庫も購入した。

仕事は辞めるのでなく、休みという形になる。

その話がまとまった後で職場の上司が、「お母さん、喜んでくれるといいね」と言ってくれた。

職場の人手不足の折に本当はそれどころじゃなかったと思うのだけれども。それでもこのように言ってくれたことがとてもありがたかった。

このころの日記を見ていると私はやたら疲れた疲れたと書いているし、頑張れ、頑張れと自分で自分を励ましながら過ごしている。それでも何とかやっていられたのは、周りの人々や介護制度の理解と協力があったこと。そして「母が家に帰ってくる。」という一点の希望があったからこそだと今となってはそう思う。

最強の
武将は
誰だ!
私、かな。

3 ＊病院から自宅療養へ（9月～10月）

母の退院の2日前に3台の玉突き事故の先頭にいて車の後ろをぶつけられた。信号待ちで停車中の事故だったこともあって、最初にぶつけた人がショックで動けなくなりとりあえずの救急搬送となったもののそれ以外はケガもなく済んでよかった。

そんなダメ押しのアクシデントまであってここにくるまで長かったが、9月5日なんとか無事に退院の日を迎えることになった。

家までの道中は介護タクシーをお願いした。

母は帰宅後疲れたのか食欲もなく、大好きなソフトクリームだったら食べるというので買ってきて食べさせた。頭の部分を3分の2ほど食べ、あとはずっと寝て過ごしていた。

9月某日。

母「もう行きたいところも行ったし、やりたいこともやったからいいの」と言い出す。しかも何度も繰り返して。調子が悪い時はつらいのだろうなと思うし、やけになる気持ちも分かるけれど、介護をしている私にとってはつらいひと言だ。思わず泣いてしまった。

そんなに遠くない将来に母との別れが来るのだと、それを思うと呆然としてしまう。

こんなにお互いにつらいなら、療養型病院に入ってもらった方が良かったのかな？　とも思ったりもしたが、コロナの影響で面会もままならない今、それはそれで悔いが残っただろうとも思うし。うーん。

誰でもそうだと思うけれど母は体調が悪いと性格が悪くなってこちらも対応に苦慮する。中でも便通のことは特に体調を左右するようなので、これからいろいろと対策を考えることになった。

それに加えてうちの犬1号タラべはこの時点で15歳。いい年になっていたので時々家の中にシッコを漏らしてしまうようになっていた。板の間なら拭くだけでよいが、敷物の上、布団の上などは泣きをみる。玄関の三和土はたわしでゴシゴシこすって水で流した。そんなわけで1日中誰かの下の世話をしているような毎日だった。

＊ある日の日記その1

なんだかうんことシッコに翻弄された1日だった。

朝3時に母より訴えあり、差し込み便器を入れて粘るが出ず。

起きる時間になったら居間にタラベの立派なうんこを発見。

9時50分と12時、14時にそれぞれ母より訴えあり、差し込み便器にて排便。

夜、犬のエサが終わったらタラベが居間と寝室の間で大量にジャー！　この始末で母の夕食が遅くなる。

食事を作ったらタイミングよく出さないと冷めちゃうのに！

夜最後のオムツ交換時に体を横にしたタイミングで排尿あり大惨事に。

シーツまで取り換える羽目になった。トホホ。

そういう日もある。

味方を増やす　プロの仕事に助けられる

その頃、Facebookに在宅介護のグループを発見。入会してみたら、みるみるコメントが入る。百万の味方を得たような思いになった。

介護の日々はこちらから声を上げないとどんどん孤独になっていく気がしたので、手あたり次第に声をかけ、味方をどんどん増やしていく。

しかし、最初の1～2週間は協力機関が代わる代わるやってきて、契約だなんだでとにかく目まぐるしかった。私が疲れたのだから、来客に慣れていない犬たちももちろん、母はもっと疲れたことだろうと思う。

それにしてもその道のプロの方々の仕事ぶりを見ているのは面白かった。手際の良さに、感心することしきり。

中でも訪問入浴には毎回感動していた。

狭い部屋に組み立て式の浴槽を運び込んでの入浴介助である。お風呂の大好きな母はいつも大変気持ちよさそうにしており、そんな様子を見ているこちらまでいい気持ちになったものだった。

身体の不自由な人にとって、入浴は浮遊感もあって不自由な体から解放される唯一の時間なのではないかと思う。

入浴介護は力仕事でもあるし、メンバーの息が合わないとしんどそうだし、大変そうではあるが、「気持ちいい」という声が聞けるいい仕事だなと思った。

日々の工夫　ケチケチ大作戦

母は体調が安定しておらず、元気な日とそうでない日の差が大きかった。

元気のない日はせっかく用意して適温にした食事を出しても喉を通らず、ガックリすることもたびたびあった。また、様子がすぐれないので食欲ないのかな？　と聞いたら、「あるけど隠しているの」などと言ったこともあった。発言自体はおもしろいが笑えない……。まことに介護する側の手前勝手な話なのだが、作った食事を残されたりするのってほんとにストレスになるのだ。

そうこうしているうちに私も毎日毎週のルーティンができ、ある程度手を抜くことも覚えてきて、最初の頃よりはやりやすくなってくる。

家庭菜園で採れる野菜を消費するべく自分の食べるものはしっかり作って食べた。それだけが日々のささやかな楽しみであった。

介護に必要なものは結構値が張る。紙オムツや尿取りパッドの値段の高さには当初ビックリしてしまった。

使い捨ての手袋だって馬鹿にならない。介護を始めた直後は、1週間で1箱使いきってしまって焦った。これはまずい。

それからはケチケチ大作戦で普通の排尿だけのオムツ交換時には右手のみ手袋を付けることにした。それでも充分にできるのだから。

そして口腔ケアの時に左手で母の唇を抑えるのに手袋が必要なのだが、それも考えたら指1本あればいいことなので手袋から1本ずつ指を切り取って1本ずつにして指サックと

あの白いの何～？
えー！！！
お迎え来た？
それに近いかもしれない

して使ったりした。

お尻拭きや口の回り拭きは大人用より赤ちゃん用の方が断然安いのでそちらを使用した。冬はお尻拭きシートが冷たいと言うので温める機能のあるケースを探してみた。あるにはあったのだがこれまた馬鹿にならないお値段で却下。代わりにヨーグルトを作るための保温器がうちにあったのでこれを代用にした。


母の小さい頃に亡くなってしまったというお母さん（私からしたら祖母にあたる人）は大変なしぶちん（ケチ）だったらしく、大叔母曰く、「茶も出さんじゃった（山口弁です）」とのこと。

顔も見たことのない祖母なのだが、私は確実にこの人の血を受け継いでいると思われる。

「おばあちゃん、会ったことはないけれど、あなたは確実に私の中にいますよ」


母の自宅療養が始まってからすぐのこと。たまったダイレクトメール等を片づけしていてふと目についた冊子「『公的保障』がわかる本」。あー、こういうの、私が苦手な奴だわ～と思いながらも何気なく開いて見ていたら、「介護休業給付金」という項目に目が留まった。

1日のルーティン

6：00	起床
	自分バイタル測定
	母バイタル測定
	タオルレンジに入れる
	オムツ交換
	更衣　（必要ならシーツ等交換）
	必要なら洗濯機回す
	顔・手足拭く
	歯磨き
	犬散歩
	足ふき・毛取り
	犬トイレ掃除
	エサやり
	母朝食
	自分朝食
	朝食片付け
	母頭下げる（食事の時は体を起こす）
	掃除機をかける・（必要なら洗濯機かける）
10：00	オムツ交換・水分補給
12：00	オムツ交換
	昼食用意・母昼食
	自分昼食
	昼食片付け
	母頭下げる
15：00	オムツ交換・水分補給
17：00	リハビリ
18：00	オムツ交換
19：00	犬エサやり
	夕食準備・母夕食
	自分夕食
	夕食片付け
	母頭下げる
	バイタル測定
23：00	オムツ交換→大パットへ

いろいろ条件があるものの休業開始前に受けていた自分の平均賃金の67パーセントが3か月を限度に雇用保険から支給されるとのこと。「え!?」こんなのがあるんだ。

しかし、私が申請しに行くならいいのだけれど、どうも職場から申請するのが普通みたい。忙しい職場にお願いするのは大いに気が引けるところだが、背に腹は代えられない。LINEでお願いしてみた。

こういう保証制度を知らないのと知っているのとでは大違い。たとえ元の給料の67パーセントであっても、頂けるのであればありがたい。いや非常にありがたい。気持ち的にも余裕が生まれる。

しかしだ。こちらが黙っていても税金の取り立てはきちっとしてくるのに、給付金の存在を知らないでいたらまったく保障されないというのはどうなのだろうか?

周りの人にこの介護休業給付金について聞いてみたのだが、知っている人は誰もいなかった。

学校でも教わらなかったよね? こんな大事なこと。

このことは後にもう一度深く思うことになる。

10月。

「遠方より友来たる」

それまでは毎年１回は会っていた友人だったが、コロナのことがあって、今回会うのは３年ぶりだった。全然変わっていなかった。これまでもいろいろなことを相談して愚痴もたくさん聞いてもらってきた。

このたびも母とのことではまだ元気なうちに仲良くできなかった後悔があるという話をすると、「過去も未来も気にせずともよい」という仏教の話になった。

このひと言を聞いただけでも来てもらってよかったと思った。この人だって親の介護があるし、お互いの年齢のこともあるから、そうそうこちらに出て来られなくなってくるだろう。ますます会えなくなってくるだろうと思うと、その日１日がとても貴重な意味のあるものに思えて仕方がなかった。とにかく会えて話ができてよかった。気持ちがとても軽くなったし、元気をもらえた。

オムツ交換・食事のこと

母の身体はマヒしている左側に向かってくの字に曲がっており、私の介助がうまくないせいもあって変な具合に動く。オムツ交換がやりにくい。それなのに毎日5回もそれをやらねばならない。不器用な私はついつい乱暴になることもあった。反省して、「やりにくくても乱暴にしない」を肝に命じて、オムツを交換する。

その方が時間がかかるかと思いきや、母の協力が得られて却ってやりやすく、お互いに気持ちが良いということに気が付いた。

ある日の日記その2

朝、母の「トイレに行ってくる」（尿意があるということ）が始まったので、オムツを開けてみるが出ていない。差し込み便器を入れてもなかなか排尿がない。そのうちに自分でも排尿したいのかどうか分からなくなったようである。仕方ないこととは言え、そのうちになんとなく互いに険悪な雰囲気になってくる。

夕方、母から折れて「仲良くしてね」と言ってくれる。

倒れる前もそうだった。いつも何かあるたび母が先に折れて謝ってくれていたのだ。

私はやはり甘えているのだ。

私という人間はつくづく介護に向いていない人間だ。


食事も無理にたくさんあげようとしないこと。本人が無理して食べてくれている節が見られたからである。

残ったら残ったで仕方ない。次に回せばよい。

母が中心。当たり前だけど。私はすぐに「もったいない」が出てきてしまってストレスをためてしまうのが良くない。

ものより母。当たり前じゃないの。


Facebookの在宅介護のグループの人が言っていたが、食欲や排泄が調子よくなったり悪くなったりを繰り返しながら徐々に終末期へ向かっていくのだと。

そうなのかと納得できる自分がいた。少しずつ一喜一憂しない強いメンタルになってきた。

こういうものだと思えば、それほどおたおたせず済む。

そんなふうに日々学びの連続だった。

おしゃれとか旅行とか、そういったものにまったく関心がいかない自分がいることに気が付く。

日々のささやかな生活こそ、命こそ一番。

ほんとにつまらないことで母と笑い合えるひとときが、かけがえのない価値のある大事な時間となっていた。

私はほとんどその瞬間のためだけに生きていたし、その瞬間のお陰で日々生きることができていた。

面白かったこと

10月某日。

今朝3時過ぎに母が声を上げたのでそばに行く。

笑いながら何やら夢の話をしていた。

「魚を2匹釣って、それを食べようとして焼いて、大根おろしと醬油で食べようとした。余力がない。余力は余ると書いてちからと書く。（知ってますって。（笑））」

初夢らしい（10月だけど）。

その夢の話を延々と繰り返し、笑いながら話し続けていた。

昨日一昨日と食欲がなく、排尿も少なく元気もなかったので大変心配していたのだが、こんなに楽しそうならこのまま死んでくれたらこちらは気が楽なのにと思うくらい、本当に楽しそうだった。

その中でいちばん嬉しかったのが、「お姉さんが笑っていたよ」と、夢に登場した私が笑っていたということ。私の笑い顔が母の夢に出ていたというのは何より嬉しかった。

私も調子に乗って微に入り細に入りあれこれ夢の中のことを母に尋ねてはふたりであははは、あはははと、ずっと笑っていた。全然やめる様子がないし、途中でやめるのももったいないから母の横に入り込んで一緒に寝た。

朝になったら母は復調しており、排尿もあり、食欲も戻っていた。大いに安心した。

戻らなかったらと心配していたのだが、なんとか戻った。母の楽しい時間が少しでも増えますように。そしてなんなら笑ったままあちらに行ってほしい。母の苦しい顔は見たくないのだ。

朝起きるなり…
魚を採る夢を見たのヨ 初夢…！ （10月だったんだけど）
えっそうなんだ でその魚 どうしたの？
大根おろしと 醤油つけて食べた
それは よかったねぇ
しょうゆーこと！ 釣られるのでなくて 釣るんだ♪
終始ご機嫌であった。

10月某日。

母に夕食を食べさせていて、おかゆに梅干しをつけたのだが、スプーンにたくさんのってしまったなーと思いながらもそのまま口に入れてしまったら母がプルッとした顔をしたので大笑いしてしまった。

そういう反応は以前通りなのだ。嬉しいような、ちょっとごめんという気持ちもあって笑ってしまったのだ。

10月某日。

今年最寒とのこと。母にはトックリのシャツを着てもらう。暖かいようでよかった。

夕方、母がふと「ふたりでお風呂に入ろうか」と言った。

そうだね、一緒に入れたらよかったね。

夕焼けが真っ赤だった。


10月某日。

いい天気。

午前中訴えあり、排便があった。めでたし。

朝食昼食、ともによく食べてくれた。

自分は母の介護が無事できたらもう死んでもいいと思っていたのだが、結構これが長引きそうな様子なのだ。

最近では食欲もあるし、排便も毎日は出ないことを承知しているので心配もない。顔も以前よりふっくらとしてきたような気がするし。

それでも昼間、「消えてしまいたい」などと言ったりしているのを聞くと、なんだかたまらない気持ちになる。

私にできることが何かあればいいのだが。

夜にテレビで笑点がある時はつけるようにしている。内容が理解できているかどうかははっきりしないが、笑っている。少しでも笑えるのはいいこと。こんな時、ここまで母は生き続けていてよかったのだと思えてほっとする。

10月某日。

訪問入浴の日。今日はとてもご機嫌が良くてずっと笑っていた。スタッフのみなさんもつられていつも以上に笑ってやってくれていた。

いい時間だった。こんな時間がこれからももっとありますように。

10月某日。

母が突然「水着を忘れた！」と言った。

時々ジーっと私の顔を見た後で

と言った。

そんなに似ている？

お母さんの方が肌艶いいけどね。

4

＊11月〜1月年明け

11月1日。

テレビに田子の浦が出ており、「田子の浦ゆ　打ち出でて見ればかすかなる（『真白にぞ』でした（笑））ってあったよね」と言ったら、「富士の高嶺に雪は降りつつ」と母が下の句を言ったのでびっくりした。


11月某日。

母が「きっと勝つ」を繰り返していた。

私の顔を見て、「きれいに見える」とも言った。時々言ってくれるのだ。目が悪くなっているとはいえ、嬉しい（笑）。


11月某日。

テレビドラマで14億円を横領するという話があったので、母に「14億円あったら何する?」と聞いてみたら、しばらく考えた後で「何もできない。葬式だけ」と言った。時々ちゃんとつながっているんだよなー。


11月某日。

ケアマネージャーさんが来てくれた。

母のリハビリについて。車いすに移れるまでいかなくても、とりあえず今の身体機能をできるだけ長く維持できるようにやってもらいたいということをお伝えした。

母も「頑張ります」とか言っちゃって、なんだか健気だった。

今朝はしゃっくりが止まらず、ずっと続いて笑っちゃったけど。

こんな日が続くといいなあ。

履くものを持ってきてと言われて、「靴持っていって何をするの?」と聞いたら、「歌って踊るの」と言われて笑ったりした。面白い母でよかった。救われる。慰められているのは私の方か。

最近はやることもルーティン化してきたし、母はそんなにすぐには死んだりしないということが分かってきたので、気持ち的には退院当初よりは楽になっているはず。だが、

TVドラマで14億円横領事件の話をやっていた。

そこで母に聞いてみた。

「14億あったら何する？」

「葬式!?」

ねえ、
履く物
持ってきてよ
いいけど
何に使うのよ？
歌って
踊るのよ
そっか（笑）

「こんなふうに過ごしていて職場復帰なんかできるのだろうか？」とか、「これから私はどうなるのか？」といった自分のことで不安になることが多くなってきた。

夜に時間があるので何かできそうなものなのだけれど、ひどく疲れてしまって、昨日なんか夜9時過ぎに寝てしまった。このまま私もボケてしまうのではないだろうか？

11月某日。

初めての訪問リハビリの日。

理学療法士は男の人とのことで、きつめにやる人だったらどうしようとビクビクしていたが、実に穏やかな人だったので大安心した。

とりあえず体が右ばかり向いてしまうのを矯正してもらったら、本当に上を向いて横になることができるようになっていた。あとは私がオムツ替えの時に骨盤を持って真っすぐに姿勢を正すことをすればいいようだった。

私がやるのとでは大違いで、彼が帰った後は母の様子がいつもと違って整っているように感じられた。

11月某日。

母が自分のことを「さび付いている」と言っていて笑った。


11月某日。

母や犬たちとのドタバタな生活を漫画の形で記録したいような気にもなって、絵を根気よく（簡単なイラストでもさっとは描けないので）描いてみたらどうだろう？　ということを思いついたりもした。１日中、そんなことをつらつら考えながら母の介護やタラハナの門番（彼らの移動に伴う戸の開け閉めのこと）などしながら過ごしたら、いつもより精神的にとても楽に過ごすことができていたのだ。

いや、本当に最近の私は発狂寸前だったので。

実際に下書きのようなことを描き始めてみたら自分がこれで何を伝えたいのかということが意外とはっきりとしていないことに気が付いたりもした。なんにせよ始めてみないことには、海のものとも山のものともわからないのだな。

犬のこと

犬を飼うことについて。

母と同居をはじめてから犬を飼おうと言い出したのは私からだったと思う。

子供時代はペット禁止の団地で過ごしていた。

今と違ってその頃はまだ野犬が町の中におり、団地の中にも時折歩いていた。

大人ものんきなもので噛まれたら危ないから近づいちゃいけないよというような雰囲気はまるでなく、ごく自然に人がいるところに犬が紛れこんでいた感じだった。

季節になると可愛い子犬もいて構って遊んだり、こっそり食べ物をやったりしていたこともあった。

ある時友達と子犬と公園の4人乗りブランコに乗っていた。気が付くとその子犬が私の膝の上でぐっすりと眠っていたということがあった。その時だけでなく、なぜか私が抱いていると子犬は寝てしまうことが多かった。その時の少し誇らしいような照れくさいようなしかし確かなぬくもりの感覚は今でも忘れず残っている。

母はと言えば幼少期育った旅館で代々犬を飼っていた。旅館なのでエサとなるのは人様のごちそうの残りもの。今では考えられないことだが、犬のエサと言えば冷や飯に味噌汁をかけたものが定番だった当時にあって、旅館のみんなが可愛がってごちそうを与えていたので子犬はすぐに大きくなってあっという間に死んでしまったとは母の弁である（皆5歳位で死んでしまったらしい）。

学生時代は京都で学んでいた母だったが、休みになり帰省すると小柄な母は大きな犬から大歓迎を受けて倒されそうになり大変だったとそんな話を聞いたこともある。

まあ、そんなわけで私たち母娘はふたりとも生き物好きで。せっかく一軒家に住むことになったのだから犬を飼ってみましょうと話はとんとん拍子に進んだ。

母と暮らし始めたきっかけは母がひとりで住んでいた家を訪ねた時、電球が変えられないという理由だけで一部屋が暗かったことがあり「一緒に住めば電球くらい私が変えてあげられるよな。」そう思ったことだった。これは後になって聞いたのだが同居を決めた時の母はと言えば「一緒に住めばお姉さん（私）を手伝ってあげられるだろうと思って」という気持ちだったらしい。

一緒に住めば母の日々の不便が解消できるだろうという簡単な気持ちで始めた同居だったのだが、同居を始めたばかりの頃は誰かが家の中にいる状況に慣れていないものだから、部屋に人影（母）があってビクッとしてしまうほど一人暮らしの達人になってしまっていた私と、とにかく私を手伝いたいと思っている母がうまくいくはずがない。同居後しばらくはそれこそなにくれとなくぶつかってケンカばかりしていたものだった。

それが犬を飼い始めてからというもの母娘それぞれがそれぞれのみを見つめ続けてきた日々から一転、犬が間に入ってきてくれたことでお互いを縛り付けて来たものから自由になったようだった。母は面倒を見る対象が私以外にあり、私は自分が働きながらも日中は家にいてくれる母がいてくれることで子供の頃から念願だった犬を飼うことができたのだ。

最初に飼ったタラベのことを私はあまりにも好きになってしまったため、もしこの子が死んだら自分はどうにかなってしまうに違いないと思い、2年おいて2匹目のハナやんを迎えることになった。

当時まだ新しかった家のあちこちを傷つけられたり、換毛期には部屋中が毛だらけになるなどの他にもいろいろ大変なことはありはしたものの、犬たちのお陰で私たち母娘はこれまでかなり救われて来たのだった。

母の年を考えると犬たちの寿命とギリギリセーフな感じ（これはちょっと楽観的過ぎました）。

犬を飼い始めてからこれまで何度も「この人たち（2匹の犬たちのこと）が死ぬまではお母さんは元気で生きていないとダメだよ」と確認しながら過ごしてきた。自分の健康に気をつかって長生きをして欲しいという気持ちを言うよりもこう言った方が素直に聞くだろうと思っていたからだ。


11月某日。

今日は1日タラベのシッコに翻弄されて怒りまくる。

朝のエサの時にも、寝室のジュータンの上にジョー。夕方散歩に出たのにもかかわらず、夜のエサの前に板の間で、エサの後に今度は玄関三和土にてジョー。本当に狂った。

他の日には夜の8時ごろからやたらあらぬ方を見ながら吠え続けるということがあった。私がそばに行ったときは黙るのだけれど、しばらくしたらまた始まって。困ってしまう。


この日の日記にはこんなことが書いてあった。この頃から我が家の犬1号タラベの失禁と無駄吠えが始まる。

大変穏やかで大人しい子だったのだが、寄る年波には勝てなかったのだろう。

12月某日。

母が「帰りたい」と言う。山口へ、である。

「そっか。帰りたいところがあっていいね」

と言ったら、「一緒に帰ろうよ」とお誘いがありました（涙）。


12月某日。

早朝、タラベがキュンキュン言っている。オシッコかなと思い、起き出して外に出してやろうと玄関まで行くがついて来ない。あれ？　違ったのか？　と思ってベッドに戻ったら足元にうんこがあり、もろ素足で踏んでしまう。

ああああああああ！


12月某日。

母との息がまるで合わず、便の処理もうまくいかずにパッドやオムツを無駄にした。

無駄ってストレスになる。

タラ君は日中望むときには戻りたくなるまで庭に出してやっているし、食後はもちろんのこと、夕方6時にも庭に出してやっている。それをしても夕飯の前に玄関で多量のシッコをして。

後は、何を思うのかなんかのタイミングで吠え出してやまないのも困る。

母のこと、タラ君のこと、一緒にやってきて大変だ。

母のオムツ替えの時、「膝を曲げて」と言ったら「曲げる膝があったかね？」と返ってきて、これには大いに笑った。


12月某日。

私が母にやっている毎日のリハビリなのだが、いつも嫌そうなのでこちらは凹む。

今日は腕を開く動きで思うように開くことができなかった。

本人曰く「腐ってるから」これには笑った。

年末年始にかけてハナやんが体調不良

12月31日。

おせち料理本番。

朝からガンガンに野菜の煮物を作り始める。

ニンジンを煮るのを失敗しちゃってやり直した。でも、ミキサーをかけて母の分にできたので、無駄にはならなかった。

帰省した弟がタラべを散歩に連れ出してくれた。

訪問入浴の間、わが家の犬2号メス犬のハナやんを外に出していたのでおやつに乾燥牛タンをやったのだけれど、10㎝角くらいのものをあっという間に飲み込んでしまった。いつもガムを噛むようにアニアニしてしばらくかかって食べているのに。

夜、調子が悪くなる。エサは食べたのだけれど、なんだか変。

夜間往診をお願いしようかなとも思ったのだが、高いよな〜。で躊躇。様子を見ることにした。

1月1日（日）晴れ。

日の出を拝む。太陽が昇ってくると、ふわ～っと暖かい気が満ち満ちてきて幸せな気持ちになった。

ハナが昨夜ほぼ一睡もできなかったようで、キッチンの隅の方で小さくなっていた。

やはりどう見ても様子が変なので、動物病院を探す。「よりによって1年で一番病院が開いていないこの日にかね？」と心の中で悪態をつきながら探していた。

念のため行きつけの病院にも電話してみたけど、ま、出ないわね。

インターネットで調べたら年中無休の病院があったけれど、遠いなー。もう少し近い所はないかと、犬を飼っている知り合いにメールで聞いてみたのだけれどもダメ。

しょうがないから車で1時間くらいの所まで行きました。

ハナは調子が悪かったからか暴れはしたけれど、吠えずにいてくれたので、それだけは助かった（私と母以外にはみんなに吠えついて大変。狂犬病注射は薬で眠らせてから病院へ行って打ってもらっている）。

オシッコやうんちまでしちゃうし。まったく参りました。

そんな不良犬を、初めてなのになんとかレントゲンを撮って見てくれた。プロってすごい。

病気ではない。胃の辺りに白い影があるので、牛タンかもしれない。だとしても今日中に溶けるから大丈夫。オシッコが臭かったので膀胱炎かもしれないので抗生剤を出しておきます、とのことだった。

ひと安心。

1月2日（月）曇り。

近所の神社にお参りに行く。おみくじは大吉！　やった！

昨年は厄年だったんだということが分かった。あー、ねえ。だからか、とやけに納得してしまった。

日本人はこういうふうにしていろんな突然のつらい出来事にも納得をしてきたのだろうな。

弟には高い所にある電球を取り換えてもらったり、パソコンの設定をやってもらったりと、私の苦手ごとを解消してもらって助かった。明日帰ってしまうということで、飲み過ぎてしまった。

母の食事のこと

食事はミキサー食という形態でハンドミキサーやフードプロセッサーでドロドロにする。冷たいより温かいほうが食が進む。かと言って熱過ぎてもだめで結構調節が難しかった。私が普段食べるものをそのまま器械にかければいいと当初は簡単に考えていたのだが、海藻やキノコ類などミキサー食に適さない食材も結構あったりして、食事のメニューはいつも悩みの種だった。

前出のM先輩（彼女も親御さんの介護経験者）から食事は出来合いの物を使うことも考えた方がいいよとアドバイスをもらっていた。せっかく作っても残されたりしてもったいないし徒労だしで疲れるから、出来合いの物をインターネットで探して頼んでみることにした。

私が子供の頃に冷凍食品やレトルトなど出来合いの物を母から出されたことがなかったので、最初はなんだかちょっと罪悪感があったりもしたのだが、ヒジキや切り干し大根など栄養があって食べてもらいたいのだがトロミ食には加工が難しい。こういったものでも出来合いのものは大変食べやすく調理してあってありがたかった。

どうしてもメニューがワンパターンになりがちなので、手作りのものと、市販のものと織り交ぜてできるだけ変化が感じられるように工夫した。

ご飯は全粥を2合分炊いて一杯分ずつ入れられるタッパーに分けて冷凍保存。使う分だけ冷蔵庫に移して自然解凍し、食事の都度温めてハンドミキサーをかけてから提供した。

汁物としては豚汁と野菜スープを同じ要領で氷のキューブにしておき、必要な時には必要なだけ解凍して食べてもらうようにした。

味付けをあらかじめ濃い目に作っておき、それに水を足して小鍋で解凍するようにした。野菜をたくさん使った汁物があると一品決まる。あとは動物性のものを足せばとりあえずの形になるので重宝した。

青菜やニンジンなど緑葉色野菜は栄養があるので折あるごとに食べてもらうようにした。離乳食の作り置きの要領で湯がいてこしたものを製氷機に入れて冷凍したものを常時用意しておいた。

おかずに困ったときなど豆腐と合わせて出すこともあった。

豆腐は畑の肉だし何と組み合わせても美味しいし、トロミも程よくつくので大変重宝した。

お粥もトロミが付くし味にさほど影響しないのでかさ増し（おかずの量が少な過ぎるとハンドミキサーが回らない）によく使った。

少量ずつ作るのは大変なのでレバーペーストと鮭などの魚のムースも時間のある時に作ってアイスキューブにしておいた。

母は水分補給時に緑茶をよく飲みたがった。たかがお茶、されどお茶。これを適温で出すのが難しくて苦労した。

熱湯で入れたお茶に氷を入れて温度調節をする。水で作った氷を使うと味が薄まってしまうのでお茶を小さめの製氷機にいれて小さな氷を作ってそれを使った。

朝食はいつも同じメニューで統一した。３食のうち1食でも決まっているとなんとなく気分的に楽になる。朝は他にやらなければならないことが多いので少しでも楽な方をとらせてもらった。

バナナと豆乳ヨーグルトのきな粉掛け、スイートポテト、カボチャプリン、ミルクティー、あとは補助的に病院に処方してもらった栄養補助食品エンシュア（濃いリキッド状のもの）をゼリーにしたもの。これらも時間のある時に作って小分けにして冷凍しておいた。

残したことは1~2回あっただろうが、たいてい全量食べきってくれていたので母も気に入ってくれていたのではないかと思う。

5 ＊２０２３年１月～職場復帰と母のショートステイ利用開始

母の自宅療養も３か月が過ぎ、水曜日から金曜日まで母をショートステイに預けている間に、私は仕事を再開することになった。

水曜の朝９時前後、お迎えに来てくれるスタッフに母をお願いしてから遅刻で職場に行く。木曜は通常出勤。金曜は職場を早退させてもらい、16時前後に自宅まで送ってもらった母の迎え入れをする。金曜の夕方から火曜の朝までは自宅で母の介護をするという生活が始まった。

１月６日（金）晴れ。

「はじめての短歌」穂村弘著を読んでみたら、私が今の仕事をしていることの意味がわかった気がして泣けた。

私が大切にしたいことを文章にしてくれたと感じた。

「生きのびる」と「生きる」の違い。効率や利便性といった人間中心の考え方からずれたところにある「生きる」を大事にしたものが短歌には肝となる、みたいなことが書かれている。

私が介護の仕事をするのは社会からはじかれてしまった人たちと自分は寄り添えると思ったからだった。

普通に仕事ができる人にはきっと理解ができない部分が私には分かって利用者と接することができると思うからだ。そのことを改めて思い出させてもらえた。

私の生き方が救われるような1冊となった。

今日は整体に3時からの予約が取れたので早めに行ってホームセンターで母のパッド類と犬のペットシートなどを購入する。母の尿取りパッドなども最初の頃は少量ずつ買っていたのに今では手袋3箱とか、パット2袋とか大胆に買っている。

社会復帰の為、長いこと使わないでいたらすっかり干からびてしまっていた化粧品も新しく買い換えた。とはいえ総額2千円ちょっとだけどね。

結構時間がかかったので帰ったら母が不穏になっていないかと心配になっていたのだが、「良かった、帰ってきて」と言われる。結構まとも（笑）だったのでひと安心したのだった。

時々何かに対して怒ったように、えらく不機嫌にしていることがあって、そうなるとちょっと取り付く島がなくなってしまうのだ。

母が不穏になるのはひとりにして出かけた後のことが多いような気がして。

弟が来ていた時でも、ふたりで家を空けて帰ってきた時に小さな子犬を私たちが食べてしまったと言ってえらくご立腹で、そのうちにおいおい泣き出してしまったことがあった。

その時はままよと綾小路きみまろのＣＤをかけたらそのうちに忘れてくれたのでよかったのだが。

1月某日。

ここのところ晴れが続いていて気持ちが良い。

母のオムツをパッドと共に交換。ついでにパジャマも交換して洗濯機を回す。

母、朝食を済ませて、自分の朝食をとろうかというところで母から排便の訴えがあり、差し込み便器を入れる。

このタイミングでタラかハナが戸を開けろと催促。

母、軟便出ておりさっき取り換えたところなのに汚れる。オムツも換えたところなのに

皆にお世話になる一方で
私は何をしたらいいのかしら？

少し便付着。おまけに汚れ防止の為に入れているビニールがずれて便がバスタオルに付着してしまう。洗濯機回しちゃった後なのに。

こういうふうに、うまくいかないときはタイミングが悪いことが重なってしまう。

なんなんだろうな。この徒労感は、誰にも分かってもらえない。分かってもらわなきゃならないほどのことでもない。こういった些細なズレが少しずつ溜まっていくのだ。この私の徒労感はいったいどこに行くのか?

1月10日（水）晴れ。

明日から母はショートステイに行くので、本番通りに6時に起きて予行演習をしてみた。なんとかなりそう。

普段は寝たきりなのだが、ショートステイに行く日はベッドから車いすへの移動がある。母にとって私がする移動は怖いし、痛いし、大変そうだ。そのうち慣れてくれるといいのだけれど。

ビデオで撮っておいた脳科学者とアルツハイマー型認知症の母親のドキュメント番組を見た。

私と同じところで母が涙ぐんでいた。かなり内容を理解できているようだ。

寝たきりになってしまった母にも「誰かのために何かしてやりたい」という気持ちがあるのだ。

切ない。

1月11日（火）晴れ。

母、初ショートステイ体験。私、3か月ぶりの仕事。

なんとか1日が終わる。職場はいろいろ変わっていたし、仕事のことあれやこれやも忘れていた。

久しぶりと言ってくれる人がいるありがたさを感じた。

うちの犬たちにとってはとても久しぶりに2匹だけのしかも長時間のお留守番となった。

最近ではひっきりなしにシッコしに庭に出たがって仕方がないタラベのことだから、1日外に出られずにいたら部屋の中はいったいどうなってしまうことやらと、かなりビクビクして帰ってきた。玄関のドアを開けるや否やタラベが飛び出してきて庭に降りてシッコをしたのはおかしかった。そして玄関の三和土に敷いておいたシッコシートにも1回した跡があった。

居間にも少ししてあったし、カーペットの部屋にもウンコが転がっていたけれど、恐れていたほどひどい有様ではなかったのがありがたかった。

ショートステイという慣れない環境で母はいったいどうしていることやら。


1月13日（金）晴れ。

母帰ってくる。

16時迎え入れということで金曜は職場を早退させてもらうことになっていた。

余裕と思って家に着いたら、案外と約束ぎりぎりの時間になってしまった。

結構焦ってベッドなどを整えた。間に合って良かったけれど。

タラ君はウンチは点在してあったものの、オシッコは玄関の三和土に置いたペットシートから大きく外れることなく済ませてくれていた。驚きである。掃除が三和土だけで済んだ。


母はまあまあ表情も悪くなく、食事もほぼ全量食べられたみたいで良かった。

ショート先で食事は何が出たのだろうか？　見てみたいものだ。

(コロナ禍ということがあり、契約時にも施設内を見学することはできなかった)


1月某日。

ごみ捨て。多量に捨てるものがあったのですっきりした。

母のオムツ関連とタラハナのシッコウンコがらみのごみがほとんどである。


1月某日。

母は昼ご飯をほとんど口にせず。

リハビリをしていると
痛い痛いというので……

時々こういうことがある。

体調に変化があるのか？　食事がまずいのか？　考えてしまう。


1月某日。

母のリハビリはだんだんやりにくくなってきている。

ただでさえやりたがらないことをやってもらわなくてはいけないので、毎回うんざりする。

読書をして、合間に母の面倒を見て。穏やかな1日ではある。これでいいのか？　いいのだと、自分に言い聞かせる。

リハビリとは寝たきりの母の手足の拘縮を防ぐために上げたり下げたり、曲げたり伸ばしたりといった簡単なもの。わずかな時間なのだが、母は嬉しそうではない。母が嬉しそうでないことを毎日やるのは、私にとってはつらいことであった。


1月某日。

今日は訪問入浴の集金日。母が排便のために差し込み便器を入れお出ましを待つ間にお金を用意しておこうと思って財布を見たら、下ろしておいたと思ったお金がもうなかった。母をそのままにして郵便局までお金を下ろしに行く。

ぎりぎりセーフで、母の排便にも間に合った。良かった。

その後、訪看さんも来てくれた。

母の態勢を右に向けたり左に向けたりしてくれるのは、肺がよく広がるようにするためとのことだった。自分もできることなので、暇があればやってみようと思った。


2月某日。

今朝はショートのお迎えが9時前に来て焦る。

遠方まで迎えに行かねばならない人がいて早くなったとのこと。

なんとか送り出す。

いつもより早く送り出しをしたので余裕があるかなと思いごみ捨てや洗濯をしていたらすぐに出かける時間になる。

ショートへ送り出しと家での迎え入れの時間はだいたい9時と16時なのだが、むこうの都合で結構前後に時間の幅があった。約束の時間に合わせて支度をしたり、なるべく車を待たせないように考えて母の移乗をしたりしているので、少しでも早かったり遅かったりするととても焦ったり動けずやきもきしたりする。

私の方も母に持たせるものを忘れたりして随分迷惑をかけたからお互い様なのだが。

2月某日。

母をショートに送り出して出勤。仕事を始めたと思ったらショート先より電話ある。スタッフさんがなんだか緊張の声だったので、よもや！　とこちらも身構えてあえて落ち着いた対応をしたりして。

しかし、利用者にコロナが発生とのこと。母は接していないので、できれば早く帰宅した方がよいとのことだった。

慌てて帰宅させてもらった。

しばらく家で母をみなくてはいけないことになった。はぁ。

３日働いて４日介護の生活パターンがなんとか身についてきて、割といい感じになっていただけに、「はぁ～っ」という感じだった。

私がいなくたってなんとか職場は回る。

それにしても、う～。なんだかな。

それはそうと、帰ってから母を出迎えるために急いでベッドメイキングをして玄関にスロープを渡したりしていたが、なかなか来ないので気をきかせて門扉まで開けて待っていた。それでもなかなか帰ってこず、スロープを渡す際に玄関を開けていた為、タラベが家の外に出てしまっていた。

慌てて探すと、隣の畑に入っているのを発見する。久しぶりの脱走である。


2月某日。

昨日のどさくさで門柱の扉がちゃんと閉まっておらず、シッコに出したタラベがまたもや脱走。

隣の人に知らせてもらった。

こともあろうに、その人の畑にウンコをしてしまった。タラベを回収後にそちらも回収する。

昨日に続いてやらかしてしまう。

同じことを続けてやらかしてしまうのが私の悪いところである。


2月某日。

母、排便のタイミング最悪だった。

朝のもろもろを済ませて自分の朝食にとりかかったところに母よりの排便要請あり。

すでに出ており、しかも大量。

オムツきれいにしたところだったのに。

自分のお茶冷めちゃうし、臭いはすごいし。

いやね、誰も悪くない。だけどね。はあ〜って。

どこにも持って行きようのないこの気持ち。Facebookの介護グループに投稿させてもらう。

だって本当にどこにもやりようがなかったのだもの。

Facebookに上げた記事より

「こんな私ですが、絶賛介護中です」

朝一番で母が小さく唸る「うぅ、」「うんこ？」「違う。」（え？　でもきっとそうなはず）時間を少し置いて再度聞いてみる。「うんこ？」「そうかもしれない」（やっぱり！）母、なぜかこんな時に気取るのだ。

「はいはい」起き出して臨戦態勢に入る。

そっとオムツを開けるといまだオシッコのみ。では、と差し込み便器を入れる。お出ましになるのを待っている間に朝のルーティンを済ませることにする。蒸しタオルで顔、手、足を拭いた後クリームをつけて軽くマッサージをする。倒れてから1年以上が経つので麻痺側の手がだんだん健側の手と違った様子になっていくのがわかって少し悲しいが、自分ができることはせいぜいこんなことしかない。仕方がないとあきらめつつも少しだけでも抵抗してみているのである。

5分以上経っても便が出ないと「そろそろパンツはいちゃおうか。」いったん休戦に入る。朝食後に下剤を1袋服用。

たいていじきにもよおしてくるのでまたそっと開封。「おっと……」お出ましもお出まし決壊しているではないか……。

薬の量を半分にしておくべきだったと反省。

便意があるもののまだ出てはいない時は差し込み便器を入れる。本人の便意を大切にして、オムツの中ではなくトイレで用を足す気持ちを大切にしたいので採用している。

すでに便が出てしまっている時はオムツまで替えるのは手数が増えるしオムツ代も馬鹿にならない。節約もあって①極力、尿取りパッド内に収める。すでにパッドからこぼれている時は②マストでオムツ内に収める。寝具についてしまうと洗濯物が増えるしシミになる。これはいけません。

慎重に進める必要があるこういう状況の時に限って、電話がかかってくる。めったにかかってこないのだが、こういう時には来客や電話の率が高い気がするなぁ。意地悪な見張り番がどこかで見ていませんか？

そしてあろうことか犬１がこちらを切ない顔で見上げている。

はいはい。水がないのね。ちょっと待って。

各方面に心の中で頭を下げながら手を動かしている私。

さ、今日も1日が始まりましたよ。

本当はしんどい気持ちも文章にすればひとつのネタになる。ネタになればしんどさもむしろ財産のひとつになる。そう考えてしんどさをなるべく自分の胸に閉じ込めないように日々心掛けた。

2月某日。

ここのところ読書にドはまりしている。

林真理子の「８０５０」引きこもり家族の話、宮部みゆき「きたきた捕り物帖」、翻訳もの「ザリガニのなくところ」等々、結構長編ものも臆さず読んでいる。

いいんだ。時間があるのだからと、自分に言い聞かせながら。

それも、スナック菓子や手作りのサーターアンダギーなどを貪り食いながら読むのだ。

それにしても自分のやりたいことをやっているだけなのに。なのに、なんなのだこの罪悪感は？

人様のために何もしていない。金にならない。何も作り出していない。

介護は最低限やっているが。
などなど、罪悪感につながっていてせっかくの毎日に充足感がない。残念である。
自分があとどれだけ健康でいられるか分からないというのに、こんなことをしていても
いいのか？
かと言って、私のできることなんかそれほどないし。私なんかヘタに動かない方が世の
ためなんじゃない？
考え出すとどんどんはまってゆく。やばい。
だったら本でも読もう。そんな感じです。

2月某日。
母が寝付くまで頭痛を訴え、心配した。何もしてあげられないのが一番めげるわ。

2月某日。
朝には頭痛がおさまったようで安心した。
具合が悪そうなのは見ていて気の毒すぎる。ただでさえ寝たきりで気の毒なのに。

オハヨー
生きてる？

うん。
さえない
生き方だけどね。

テレビ「岩合光昭世界ネコ歩き」を見ていて牧場のネコが狩りをしているという場面で、
母「何しているって？」（耳はいいので音だけ聞いている）
私「狩りだって。小さい動物がいるんじゃない？」
母が「小さい動物」と言いながら自分を指さしていました（笑）。
母のこういうところに私は随分救われている。

私が徐々に追い詰められてくる

2月某日。

最近タラベは私が家にいる時にはずっとあとをついてくる。

暖房のことがあるので出入りの度に戸を開け閉めする必要がある。

私の後ろから彼が入ってくるのを待ってから戸を閉める。毎回のことになると、その数秒が私には苦痛になってくる。

彼が部屋を行ったり来たりするたびに同じことが繰り返される。

その都度のんびり入って来る彼を待ってから閉める。そのくらいと思えそうなものだが、それが1日続くとイラついてくる。

ハナも母のオムツ交換とか食事介助をやっている時に限ってやたらとデッキへの出入りをしたがる。「近くにいるんだから開けてくれたっていいじゃない」って感じなのかもしれない。

そのたびに手を止めて戸の開け閉めをする。正直うっとうしいし、落ち着かない。

私は彼らの門番なのか？

タラベはシッコウンコのために結構な頻度で庭に出してやっているはずだ。にもかかわらず、室内でウンコやシッコをしてしまう。

昨日も深夜になんだかワンワン吠えているなと思ったら居間でウンコとシッコをやっていた。寝ぼけ眼で始末をする。

餌やりの前にも玄関で多量のシッコ。三和土に下ろしたと思ったら庭に着く前に階段や三和土で出てしまう。

本当に嫌になる。

そんな時間を過ごすうち、脱水の済んだ洗濯物を干す前にシワを伸ばそうとして力まかせに長いこと振り続けている自分に気が付いた。傍から見たら私は気が違った人に見えたことだろう。

自分の汚い部分につくづく嫌になる。できるならいい人として生きていきたいのに。いろいろストレスになってサーターアンダギーを作ったり、ポップコーンを作って食べまくったりしている。

薬局でケアマネさんとバッタリ。あ、ケアマネさんだと思いながらもその時は距離があったし自分から声をかけるのは遠慮しちゃったのだけれど、後でケアマネさんの方から声をかけてくれた。わからないことがあった時などには丁寧に教えて下さるし、何よりいつも気持ちのフラットな方なので安心感がある。いい人である。


3月3日（金）晴れ。

今日は嬉しいひな祭り。

ということで、職場の昼ご飯は散らし寿司だし、おやつは桜餅だった。

母がショートステイから帰ってきたので、何気なく「今日はひな祭りなんだけど、何月何日だ？」と聞いてみたら「3月3日」とちゃんと答えることができた。

3月某日。

暖かい1日。

母はショートステイへ。

ということで、朝一で排便あったので大いにラッキーと思い着替えも早めにでき、余裕で車いすにも移動できた！　……と思ったらあああああああ！

軟便多量。さすがにもうベッドに戻してオムツ交換するような時間はなく、あえなくそのまま引き渡しをすることになってしまった。

ショートステイのスタッフさん、ごめんなさい。朝一から軟便多量の漏れ漏れの対応なんて……スマン。

それにしても、最近とみにショートステイに出かける日の朝は排便がよくあるのだった。

朝は下剤を抜いたり工夫していても、昨日何回訴えがあったことか。その度に差し込み便器を入れて長いこと座らせるのだが、たいして出ず。

今日は職場で割と動けたと思う。思うように仕事ができた日はその後も1日気持ちが良い。

３月某日。

夜はＷＢＣチェコ戦。

国内リーグがなく、選手はみなダブルワーク（医者や教師などさまざま）でここまで勝ち上がってきたチェコなので、尊敬しかない。

最初１２０キロ最遅のほにゃほにゃ球に翻弄されて、大谷が三振を取られたりしていた。


３月某日。

今日の天気のように私の気持ちも曇り空。

何もする気になれず、夕方近くまで食事とオムツ交換以外は寝ていた。

仕方なく起き上がり、灯油を買いにやっと出かけてきたところである。


３月某日。

午前中タラベの狂犬病予防注射と爪切り。

ついでに薬ももらってくる。明日午前中にハナやんに薬を盛って眠らせてから午後注射に連れて行く。

毎年のことながら憂鬱なことであります。

昨日の夜、母の食事がなかなか進まなかったので心配したが、今日は残した分まで昼にぺろりと食べてくれたのでひと安心した。

歯磨きの時に出血するし、痛がるようになってきたので一度訪問歯科をお願いすることにした。

来週月曜に来てもらえることになった。

昨夜のＷＢＣはオーストラリアとだった。結局大勝ちした。

またもやサーターアンダギーを作り、食べ、最後のほうは寝てしまっていた（笑）。

次は木曜日でイタリアとだ。イタリアが野球って聞いたことないなぁ、楽勝？　と思ったのだが、アメリカリーグの在籍者が４名いるのだとか。侮れません。

タラハナの年１回の予防注射だが、毎年頭の痛いことといったらない。

普通ならば地域ごとに設置された場所に連れて行って打ってもらえば済むことなのだが、ハナがものすごく怖がりで最初の頃は大丈夫だったのだが、暴れるし誰彼構わず私まで噛もうとするまでになってきてからは事前に薬を飲ませて眠らせてから病院に行き、打ってもらうようにしていた。大事な年中行事なのである。

眠らせるための薬を飲ますのもなんだかだますみたいで気が引けるし、打ち終わってからもなかなか薬が抜けず次の日までヨレヨレが続いてしまうので、罪悪感を覚えてしまうのだ。

３月某日。

ＷＢＣ準決勝戦ＶＳメキシコ。

９回の裏にそれまで調子の悪かった村上が劇的なヒットを打って大逆転！

すごい試合だった。

３月某日。

ＷＢＣ決勝戦ＶＳアメリカ戦。

仕事を半休したかったけれど、我慢して仕事へ。

仕事中に「日本勝ったってよ」って聞いてもなーーー。

見たかったなーーー。

性懲りもなく再放送で見たけれど、やっぱりなー。勝ったって分かっていて見るのってどうなのよ。

でも、なんだか大味な試合で、野球の試合としては昨日の試合の方が断然面白かった。

子供の頃、両親がテレビで野球をよく見ていた影響で私も野球の試合を見るのが嫌いではない。

最近ではとんと見なくなっていたのだが、日本女子のソフトボールとか、野球のオリンピックやＷＢＣとなると、目の色をかえて応援してしまうのだった。

3月某日。

家に帰るとなぜかタラべが庭に出ていた。

デッキのドアをきっちり閉め切っていなかったのでまた無理くりこじ開けたらしい。

庭の外に行っていなくてよかったと安堵する。気を付けないといけない。

ビールを飲んだ。美味しかった。

3月某日。

2時から訪看、3時からリハビリで母は忙しい1日だった。

なんだかやたらとハイテンションで、リハビリのスタッフさんから、「生まれはどちら？」と聞かれて、「どこだと思う？」なんて言っちゃって。聞いていておかしかった。

あんなに楽しそうにしているのを見ると、寝たきりでもいいから生きていてくれた方がいいやと思える。


3月29日（水）曇り。

桜が5分以上咲いた。

桜の季節まで母は頑張った。次は誕生日までファイト！


4月某日。

早朝から母は頭痛と歯茎痛で、カロナールを飲ませ、冷えピタをほっぺたに付けた。

銀行へ公共料金残高確認と記帳。郵便局へ記帳と振込など行い、図書館へも行く。

12時になったので昼食に帰り、その後に他の図書館（図書館のハシゴ）と薬局へ母の薬の受け取り。

帰ったら滅茶苦茶疲れており、ぐったりしてしまった。

図書館で表紙の絵が好きで借りて来た山本文緒の本。読んでみたら、彼女が亡くなるまでの120日とちょっとの日記だった。なんと彼女は私と同い年。ガンが見つかった時にはすでに手遅れで、心の準備もそこそこに亡くなっていった印象。梯子を急に外されたかのような唐突感だったのではないだろうかということと、仲の良い旦那さんとの別れが気の毒すぎてなかなかにショッキングな1冊だった。


4月某日。

今朝も2時頃に頭痛いと歯茎痛いでカロナール服用させ、冷えピタを貼る。

かわいそうに。だけどなぜにこの時間？

ショートに行く時、庭に降りた際に桜を見てもらおうとするが、顔が横を向いていたり、目がつぶっていたりでたぶん見えてないな。下手したら最後の桜なのに（涙）。まあ、もう本人的には桜どころじゃないのかもしれないけれど。

残念である。

4月某日。

リハビリのスタッフさんが、「座る姿勢を訪問リハビリの際に取り入れてみてもよいかどうか主治医の先生に打診してみます」と言っていた。母に無理がないなら是非そうしてもらいたい。

筋肉が落ちてふくらはぎなんて細〜くなってしまったもの。

母の病院の支払いやら、申請書類提出やらやった。疲れた。

本日は訪問診療の日。薬がなくなってしまったので追加でお願いした。ついでに歯の痛み止めもお願いしたら、いつもの看護師さんが粉砕した方がいいですよねと言ってくれた。気が利くなーと感動。こういう気の使い方ができる人ってうらやましいなと思った（それまでは錠剤でもらって私がつぶして服用させていた）。


4月某日。

長いこと日記を書かなかった。

なんだか最近何もやる気がせず、なんでも後回しにして暇さえあれば昼寝をしたり、ボーっとネットサーフィンをして無為に時間を過ごしてしまうのだ。

母は左上の奥歯がダメになって抜けかけてぶらぶらな状態になっており、それでも抜いてもらうためには主治医の意見書が必要。それは申請したのだが、2週間くらい見ておいてと言われる。

どういうわけだか、母の痛みは4時、5時などの早朝に痛くなり、痛み止めと冷えピタを貼る日々が続いている。本当にかわいそうでならない。もういい加減痛みなどの不快なことからは解放してあげたいのに。

朝晩歯磨きも気を付けてしてきたつもりだっただけに、なんだか虚しいっていうか、何やってもダメだなあと嫌になってしまう。

今日テレビで女性の引きこもりが問題になっていることをやっていた。私もある意味引きこもり気味だなと思う。勤め先と家の往復に終始したこの3~4年間である。ただでさえ　そんな傾向のある私だけに、まことに他人事ではない気がしたのだ。


4月某日。

気分が最悪。なんとか上向きにしようとあがくが、美容院はいつもの係の人は不在。何かと相談に乗ってもらっている友達は仕事。

なんだかいろいろうまく合わず。

金曜は家呑みでめちゃくちゃ酔っぱらいながら、友人とLINE。諸行無常など説かれ（笑）ながらサーターアンダギーを揚げていた私。

もう職場には行きたくない。心の負担でしかない。

めちゃくちゃ負担。

でもみんなへの迷惑を思うと行っちゃうんだろうな、明日も。

母の笑顔だけが今の私の支えである。

自分が何のために生きているのか、何の価値があるのか、さっぱり分からない。

生きていることが無駄なような気がする。

とりあえず、28日からG・Wで弟が来る。それまでは頑張ってみる。

なんだか、何もやる気にならない。やる気がないけれど何もしないわけにもいかず、とりあえずタラハナと母のために生きて動いている。

あとは抜け殻のような毎日。

4月10日は母の誕生日だった。倒れた当初は退院できるとは、ましてや年を越せるとはまったく思っていなかったのだが、なんと退院ができた。そこから誕生日まで母は頑張った。いちごムースを作って食べてもらった。


6月3日（日）大雨のち曇り。

昨日からの大雨がやっとやみ、今は曇り。

ひと月以上日記をつけなかった。

いろいろありました。

G・W中に弟が来て、相変わらずふたりでよく呑んだ。

タラ君はそれまでは寝る時には私のベッドの横でいつも寝ていたものだったのに、弟が来てからは弟が寝ていた部屋で休むようになっている。ふたりは仲良し。

タラべはだんだん室内でシッコをしてしまう回数が増えた。

私はタラべと母の下の世話で明け暮れしてしまっているなと時々思うのだった。

職場では怒涛の退職で6月いっぱいで3人が辞めることになった。

私は何にせよできることは限られているのでやれることを粛々とこなす他はなし。それにしても途方もない気持ちになる。

私は火曜も仕事に行くことにした。母は１日多くショートステイを利用させてもらうことになる。

母は上の歯でグラグラしていたところが抜けたり抜いてもらったりしてさっぱりしたせいか、最近また少し元気が出たような気がする。水分摂取量が前より増したし、頭痛の訴えも激減したのだ。


６月某日。

今日から母はショートステイへ、私は仕事へ。

昨日気が付いたのだが、コロナの予防接種を６月３日に予約していたのをすっかり忘れていた。しまった！！！

６月末に再予約をした。

６月30日は健康診断で休みをもらっているので、午後にでも車の免許の更新申請に行くようにした。

今度は忘れないようにしないといけない。

7月1日には車検もあるし、私のメインイベントが目白押しである。忘れずに無事済ますことができますように。

タラべのシッコの頻度が増しており、直前に散歩に連れて行ったにもかかわらずエサの前に、屋内でシッコをしてしまうことが続いている。何かする前にシッコの始末が枕詞のようにある。こちらももう粛々とやるしかない。

仕事から帰ってきた時もちょっと前まではまったくセーフな時もあったのだが、もう絶対にどこかにやらかしてあるので素足で踏んでしまわないようスリッパが欠かせない。うちの床がフローリングのせいもあり、タラべは立ち上がりの時に踏ん張りが効かずすべってしまってうまく立てなかったり、エサがうまく食べられなかったり、数段の階段を上がり切れずにずっこけたりするなどということがたびたび起こるようにもなった。

年をとったなぁと寂しい気持ちになる。夜中に無駄吠えが止まらなかったり朝ももう少し寝かせてよの時間にヒンヒン声を上げてくるので参る。まあ、一番つらいのは本人だろうからと思いはしても時々嫌になってしまうこともあって、自分の狭量さにこれまた嫌気がさす。

母が倒れてからもうすぐ1年になる。あの時にはこんなに長く生きられるとは夢にも思っていなかった。

最近では頭痛の訴えも減ったし、食欲もあるし、水分補給の量が以前よりも増えた。なんだか手術だってできるのではないだろうかとつい思ってしまったので、先日訪問診療の時に先生に聞いてみた。

手術ということになれば検査の日々があるわけで、それが本人の負担になることは否めないこと、手術後の入院の日々で認知症状が進んでしまう可能性もあること、などを言っていた。

母が一度、「良くなりたいな」と口にしたのを私ははっきりと聞いているので、手術する方に気持ちが行ってしまうのだ。もう一度大好きなビールを飲ませてやりたいし、お寿司だって食べさせたいと思う。

歩けないし好きなものを食べることも飲むこともできないのでは、何が楽しくて生きているのか、とも思う。

第一、今となっては本人の気持ちがはっきりとは確認できず、そこが一番のネックとなっている。

悩む。ひたすらに悩む。でも、今の状況ならばこのままの低空飛行をできるだけ続けることが一番賢明な選択なのかもしれないとも思う。

弟の意見はこれだった。

母が今生きている意味は私や弟の側にはあるのだけれど、母自身にはどう感じてもらえばいいのだろうか。

下の始末さえ人任せな日々というのが本人にとってどんなにつらいことかと思う。

だからこそ母が音楽を聴いて使える方の手や足でリズムをとっているのを見る時。冗談を言い合ってふたりで笑っている時。私は心から良かった……とひとりごちているのである。

母、コロナに感染する

6月19日（月）薄曇り。

母、ショートステイから金曜日に戻り、2日たった昨日にコロナ発症！

金曜日に帰る時には抗原検査マイナスだったのに。

まったくもって6月は鬼門なのであった（私は毎年この季節になると何かあるのだ。母が倒れたのだってこの時期）。

6月12日にショートステイの夜勤スタッフが発症。その週は休ませてもらって、その次の週は普通に火曜からお願いした。個室対応してくれるとのことだったので。そうしたら、木曜日にショートステイから利用者がふたり陽性になったと連絡があった。本当はすぐに連れて帰りたかったのだけれど、また職場に遠慮して金曜まで預かってもらってしまったのが悪かったかな。っていうか、そもそも先週は利用をやめた方がよかったのかもしれない。ケアマネさんもやめたらよかったですねと言っていた。私もなんか、うかつだったけれど、仕方なかったんだよね（いろいろと大人の事情ってやつがあって……あー！）。

昨日昼食後に吐き気の訴えがあり、吐きはしなかったものの熱を計ったら37．4℃。その後訪看さんとやりとりして、検査キット使ってみたらBINGO！！！　職場のスタッフさんが感染防護キットをもってきてくれて、その中に入っていたオキシメーターで0時ごろに計ってみたら77パーセントとか、91パーセントが出てきて焦って訪看さんに連絡。やりとりしていた。

幸いなことに今日の3時には熱が36．8℃まで下がったし、酸素飽和度も98パーセントまで回復した。

訪問診療の方ではパキロビットという薬は処方できるが、そのためには受診して血液検査を受けてもらわないといけない。と言われた。今は落ち着いているし、通院は母にとって負担だろうと思って様子を見ることにした。


母のように基礎疾患のある人にとって、コロナは怖いという認識があったので気を付けていたのだが、とうとう罹患してしまった。

しかし、症状が軽症だったので入院はさせてもらえず、仕方がないので仕事は休みをもらって自宅での療養となった。

幸い食欲もあり、熱も最初だけで重症にはならずよかったのだが咳が出始めたし、抗原検査では陽性反応がずっと出続けたのでショートステイ利用の再開がなかなかかなわなかった。

自分が感染しないようにオムツ替えの度にビニール前掛け、帽子、二重手袋、フェイスシールドのフル装備だった。

結局母がショートステイを、私が仕事をそれぞれ再開できたのは7月に入ってからとなった。

ここからは日記を書いていない。何があったのか記録もないし記憶もない。母の介護記録を見返してもカレンダーの書き込みを見ても淡々とした記述があるだけだ。8月某日に1時間ほど外出して帰ると母がほぼうつ伏せになっていたことがあった。母は動かないと思いこんでいただけにこれにはびっくりした。弟がお盆で帰省した際に頼んで見守り機能のあるものを見繕ってもらい、設置した。

Facebookにこんな投稿をしている。

「コーヒーが飲めない」

いろいろと雑多にやることがあって、なかなかコーヒーを適温で飲むことができずにいます。

まあ、朝は母のバイタルチェックやオムツ交換、整容、朝食等々のルーティンをやって、犬たちのエサやりやトイレ掃除など済ましてやれやれ自分もそろそろ顔を洗わねばとか、朝食をとらねばとなり、それが済むと洗い物を片付けてホッとひと息。そうするとゆっくりコーヒーが飲みたくなります。

コーヒーを沸かして、さて飲みましょうかと落ち着いて座ろうとすると、テーブルが汚いことに気が付く。埃だらけの中で飲むのはどうなの、せめて拭きましょうとなる。拭いていると今度は床に犬の毛が見える。ちょっと掃除機をかけましょう。さっぱりして、コーヒー、コーヒー。あ、冷めちゃった。……レンジに入れる。と、ごみ箱が目に入る。「あ、今日は水曜でごみの日だった！　まだ間に合うかしら？」で、家じゅうのごみ箱からごみを回収し、ぎゅうぎゅうして信じられないほどの量を一袋に収

郵便はがき

料金受取人払郵便

新宿局承認

2524

差出有効期間
2025年3月
31日まで
(切手不要)

160-8791

141

東京都新宿区新宿1－10－1
(株)文芸社
愛読者カード係 行

お名前《ふりがな》			明治 大正 昭和 平成 年生 歳	
ご住所《ふりがな》	□□□-□□□□		性別 男・女	
お電話番号	(書籍ご注文の際に必要です)	ご職業		
E-mail				
ご購読雑誌(複数可)			ご購読新聞 新聞	

最近読んでおもしろかった本や今後、とりあげてほしいテーマをお教えください。

ご自分の研究成果や経験、お考え等を出版してみたいというお気持ちはありますか。

ある　ない　内容・テーマ(　　)

現在完成した作品をお持ちですか。

ある　ない　ジャンル・原稿量(　　)

書　名					
お買上 書　店	都道 府県	市区 郡	書店名	書店	
			ご購入日	年　　月　　日	

本書をどこでお知りになりましたか?

1.書店店頭　2.知人にすすめられて　3.インターネット(サイト名　　　　　　　)

4.DMハガキ　5.広告、記事を見て(新聞、雑誌名　　　　　　　)

上の質問に関連して、ご購入の決め手となったのは?

1.タイトル　2.著者　3.内容　4.カバーデザイン　5.帯

その他ご自由にお書きください。

(　　　　　　　　　　　　　　　　　　　　)

本書についてのご意見、ご感想をお聞かせください。

①内容について

②カバー、タイトル、帯について

弊社Webサイトからもご意見、ご感想をお寄せいただけます。

ご協力ありがとうございました。

※お寄せいただいたご意見、ご感想は新聞広告等で匿名にて使わせていただくことがあります。

※お客様の個人情報は、小社からの連絡のみに使用します。社外に提供することは一切ありません。

めて収集場まで走る。やれ、間に合った。あ、コーヒーがレンジの中で冷めている。もう一度かける。待っている間にふと、「この感じを共感してくれる人がいるのでは？」と思い立ち、今こうしてＰＣに向かっております。

やっぱり落ち着いてコーヒーが飲めない。

私、退職する　新たな病を発症する

詳細は省くが、この間徐々に私は精神的にやられてしまい、仕事を続けることができなくなって7年以上勤めた職場を9月に退職することになる。その後は自分の療養をしながらこれまでと同じだけ週4日母をショートに預けてあとは家で介護する生活を送ることになった。

その際には傷病手当という制度を利用した。それまでの給料の3分の2を1年8か月を上限にして協会健保より支給されるシステムで、私の場合は通院している病院に月1回診断書を書いてもらって月ごとに申請をしていた。

これも友人に教わって初めて知った給付制度だった。結局2月末まで5か月間、お世話になった。

社会制度に助けてもらいながらの療養生活だった。

最初の頃は母の介護以外は何も手につかず、そのほかの時間はなぜか数独ばかりやっていた。そのうちに上級者編まで行きついたが、その途中でどうしても超えられない壁があって挫折。そこまで来てやっと他のことに気が回るようになってきた。

そんな日々を送るうち……

10月25日（水）曇り。

9月の半ば頃から原因不明の筋肉痛が体の各所に現れては2、3日で消えていくという変な現象が起こっている。

まずは右肩先が痛み始めており、50肩のように腕が痛くて上がらなくなった。様子を見ていると2、3日で治った。その後やはり右肩の背中よりの羽の部分（肩甲骨のこと）周辺、その後は両足が暇さえあればつるということがあった。一度は就寝中にそれが起こり、あまりの痛さに叫んでしまったほどだった。

漢方薬を2、3日飲んだらなんとなく治まった。

その後は左の喉。これは1日中退職届のことで右往左往していて、夕方気が付くと痛みがあった。喉の粘膜というよりは外側から押されているような痛みだった。医者に行くと、少し腫れていたらしい。風邪の処方をされる。

そして一昨日から昨日にかけては右の手首内側が痛み、腫れてもいた。

昨日は左手小指の下甲側が赤くなっていた。

今日は右手親指の下手首。

なんだか続いて気味が悪い。


10月某日。

寝ているうちに右肩がまた痛くなっていた。

昨日は顎と左中指の痛み。

これはさすがに季節や歳のせいだけではないでしょうということで整形受診をする。

レントゲンを指示される。血液を抜かれ、レントゲンをジャンジャン撮られる。

診断は「骨粗しょう症・偽痛風・すべり症」。

各所の関節痛は偽痛風から、足のつりは腰のすべり症からということらしい。

これでは病気のオンパレードではないですか!?

普段から食べるものなど健康には気を付けている方だと思っていただけに、この結果はとにかくびっくりでした。会計では1万円以上。

私も立派なおばあちゃんです。

先生からは「1日3杯牛乳を飲むように」と言われた。ビールなら楽勝なのに。


この頃には手首の痛みが顕著で、特に力を入れてひねることができず、ペットボトルのキャップも開けられなかった。開けやすくなるとうたわれたグッズをいろいろ試してみてもダメだった。

今まで普通にできていたことができなくなることの不便さを思い知る。

雑巾を絞ることもできず、絞ったはずの雑巾から水が滴っている状態で、これは仕事につくなんてとてもできないと呆然としたものだった。

それでも手を動かさないでいると固まってしまうとのことだったので、週1回ではあったがヨガは続け、手先を使うつまみ細工など自分のできることをやった。

何回か受診をするうちにリウマチの診断が下りた。診断が下りた段階でこれまでかかっていた整形外科からリウマチ専門の科がある病院へ移ることになった。

移った先の病院では骨粗鬆症は年二回の注射で大丈夫でしょうとのこと。リウマチの方は月1回の受診をすることになった。

タラベの体調不良

11月23日、24日（木、金）曇り晴れ。

友人の受講している講習の発表会が千葉であるとのことで久しぶりに電車に乗って出かけた。

これまでもことあるごとにお世話になっていろいろなことを話し励まし合ってきた友人だ。仕事をしながらも勉強を続けている姿には尊敬の念しかない。久しぶりに楽しいひと時を過ごした。……のだが、帰るなり玄関にウンコ。廊下によだれ。私の部屋にはゲロがあった。

私が風呂に入る間もタラベがうろうろしているなとは思っていた。夜もずっとうろうろしては水を飲むの繰り返し。食事はとらなかった。明日は私のリウマチの初診だから午後になったら動物病院に行こうと心づもりをして床に入ったのだが、朝方になって変な声を出しているので行ってみると、私の部屋で立ち上がれず失禁していた。

これはさすがにおかしいと思い、メモしておいた夜間診療のお医者に電話する。千葉で夜間やってくれる病院を紹介された。

3件ぐらいあったが、家から一番近そうな救急病院に行くことにする。

胃拡張とかでとりあえず鼻から管を通してガスを抜く。それでも体調の変化がないとのことなので、とりあえず様子観察入院をする。その為の検査と手技だけで12万円。OMG！

帰宅後自分のリウマチ科初診へはなんとか間に合った。随分たくさん血を採られ、検査で料金が1万円超えた。泣けた。

16時半に母2週間ぶりにショートよりの帰宅。手首痛の影響を心配するが、まったく痛くないということはないけれどなんとか移乗はできた。オムツ交換は明朝トライ。

長い1日だった。

11月25日（土）くもり。

朝、動物病院より電話あるが、タラベの状況はかばかしくなく手術決行となる。仕方ない。

手術は無事終わり、体から出てきたのはラテックスのゴム手袋（私が母の介護に使っているもの）と小さなタオル状（これも母の介護に使っていたウエス）のものとのことだった。ＯＭＧ！！！

脾臓は大丈夫だったが、胆のうは爆発しており、大変な状態だったとのこと。

麻酔は切った状態なのだが、体温が上がらず、予断を許さない状況とのこと。

そんなこと言わないで、先生！！！！

こうして自分にとって大事なことがある時に限って狙ったかのようにやってくる家族の具合の悪さよ……である。

タラベは認知症だったのだと思う。だいたいが食いしん坊だったので、目についたものを口に入れてしまったのだろう。手術後に出てきたものを見せてもらったのだが、内臓各所の悪戦苦戦ぶりが分かるようにそれらは真っ黒く変色していて驚かされた。

タラベは酸素ボンベをつけて退院となり、うちでの療養生活に入った。

毎日の介護と2週間に1回の通院の日々が始まる。

立ち上がることはできず、寝たきりの状態だった。

居間にバスマットを敷いてその上に寝かせた。床のままでは冷たいし固いし、かと言って布では動くたびにずれてしまうし、汚した時の洗濯が大変だったからだ。

オシッコをするたびに体が汚れてしまうのでオムツをさせるようにした。犬用のオムツは高価なので、母のオムツの後ろを切ってしっぽが出せるようにしたものをはかせたりして工夫した。

タラベは18キロくらいあったので病院に連れて行くのもひと苦労で、家から駐車場まで運ぶのが大変だった。

私はリウマチなので手首に力が入らないところにもってきて、タラベは手術後なのでお腹を持つことができない。

ご近所さんに手伝ってもらったり、友達にお願いして板に乗せて一緒に運んだり、あまり同じ人にお願いするのも悪いので、母の車いすに乗せてスロープを使って車まで運んだらどうかとかも考えてやってみたが、タラベの身体がぐにゃぐにゃしていて途中で落としそうになってしまいやめた。

でもリウマチとはいえ、18リットルの灯油缶は持てるので18キロのタラベも絶対に持てるはずなのだ。そこでやっと大きな旅行カバンにタラベを入れたらどうだろうかと思いつく。頭だけ出して入れると持ちやすくてこれは大成功だった。

それからは人に頼まずに通院できるようになった。

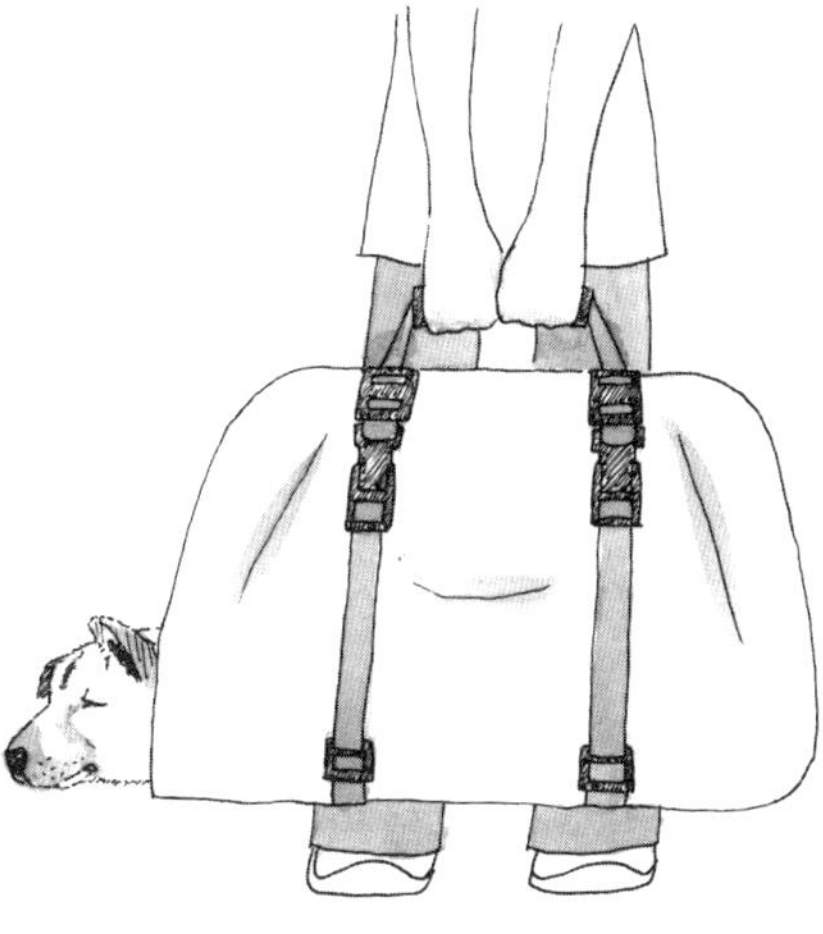

時間		流動食	水	投薬	体交換
7：00	食事①	164mℓ	4mℓ	朝薬	反転
9：00	食間の水		160mℓ		
11：00	食事②	164mℓ	4mℓ		反転
13：00	食間の水		160mℓ		
15：00	食事③	164mℓ	4mℓ	昼薬	反転
17：00	食間の水		160mℓ		
19：00	食事④	164mℓ	4mℓ		反転
21：00	食間の水	mℓ	160mℓ		
23：00	食事⑤	164mℓ	4mℓ	夜薬	反転

酸素ボンベが外れた時はほっとしたけれど、一方で体が回復してくるにつれて、認知症の症状があらわれてくるようになってきた。

無駄吠えである。

夜となく、昼となく、不自由な体を大きく波打たせながら全身を使って全力で吠え続けた。

それは排泄を知らせている時もあれば、体位交換希望の時もあれば、なんだか原因が分からないことも多かった。

何かしてやれば止《や》むこともあれば、何をしても止《や》まないこともあった。

これには母も私も本当に疲れてしまった。

母も小さな声ながらも「こら！」といってベッド上からたしなめたりしていた。

そんな日々が続いたある日、やはり夜中に吠え出し何をしても吠えやまないタラベをそのままにして私は疲れて寝てしまった。

朝になって静かになったタラベを見るともう息がなかった。

1月22日のこと。体調を悪くしてからちょうど2か月間の闘病生活だった。

タラ君おつかれさまでした。


17年間お疲れさまでした。

最後の半年くらい、親の介護をしながらあなたの無駄吠えといたるところでの粗相でてんてこ舞いの毎日でした。その間に自分まで体調を崩してしまって。

どうしてこんなに大変なことが重なってしまうのかと途方に暮れる思いの中、ただただ夢中で過ごしていました。


団地っこだった私は昔から犬を飼ってみたかった。

戸建ての家に暮らし始めて最初に迎えたのがあなたでした。

毎日家に帰るのが楽しみでした。

あんまり好きすぎてこの子が死んだら私はどうなっちゃうのだろうかと心配になるほど

でした。

だから最後は思いっきり駄々をこねて、私にあなたのことを嫌わせてから死んだんだよね。

今やっとあの大変な日々のわけが分かりました。

最後までありがと。

ありがとね、タラベ。


この後ほどなくして友人がわが家を訪ねて来てくれた。

お互い美術系の学校を出ていることもあるし年齢も近い。なにより食べ物の好みが似ており、ふたりとも大虎なので20年以上の付き合いが続いている。

母が倒れる前までは多い時には年1～2回くらいは時間を繰り合わせて、泊まりがけで展覧会に行った

り、コンサートに行ったりする仲だったのだ。

自分の家庭もあり、ご両親の遠距離介護もこなしながらの多忙な日々の合間を縫ってはるばる我が家に足を運んでくれたのだ。

LINEでしょっちゅうやりとりをしていたとはいえ、直接顔を合わせての会話は久しぶりで長年のすき間を埋め合わせるようにおおいに呑み、かつ語らった。

これは「神様が私にくれたご褒美」と感じる。感謝しかなかった。

私たちの年齢になると、同年代の友達は多かれ少なかれ親の介護にかかわっている。

直接の介護は兄弟がしてくれているという人。遠く離れた施設に親御さんを預けている人。先に介護生活を卒業して海外旅行へと羽を伸ばす人。とっくの昔に壮絶介護を済ませて、今は何もなかったかのように仕事に励んでいる大先輩もいる。

皆、私の気持ちを説明しなくても分かってくれる、共に戦う戦友みたいなものだ。

彼女彼らの存在に、私は随分励まされたものである。

訪問診療に来て下さった
お医者さんに……

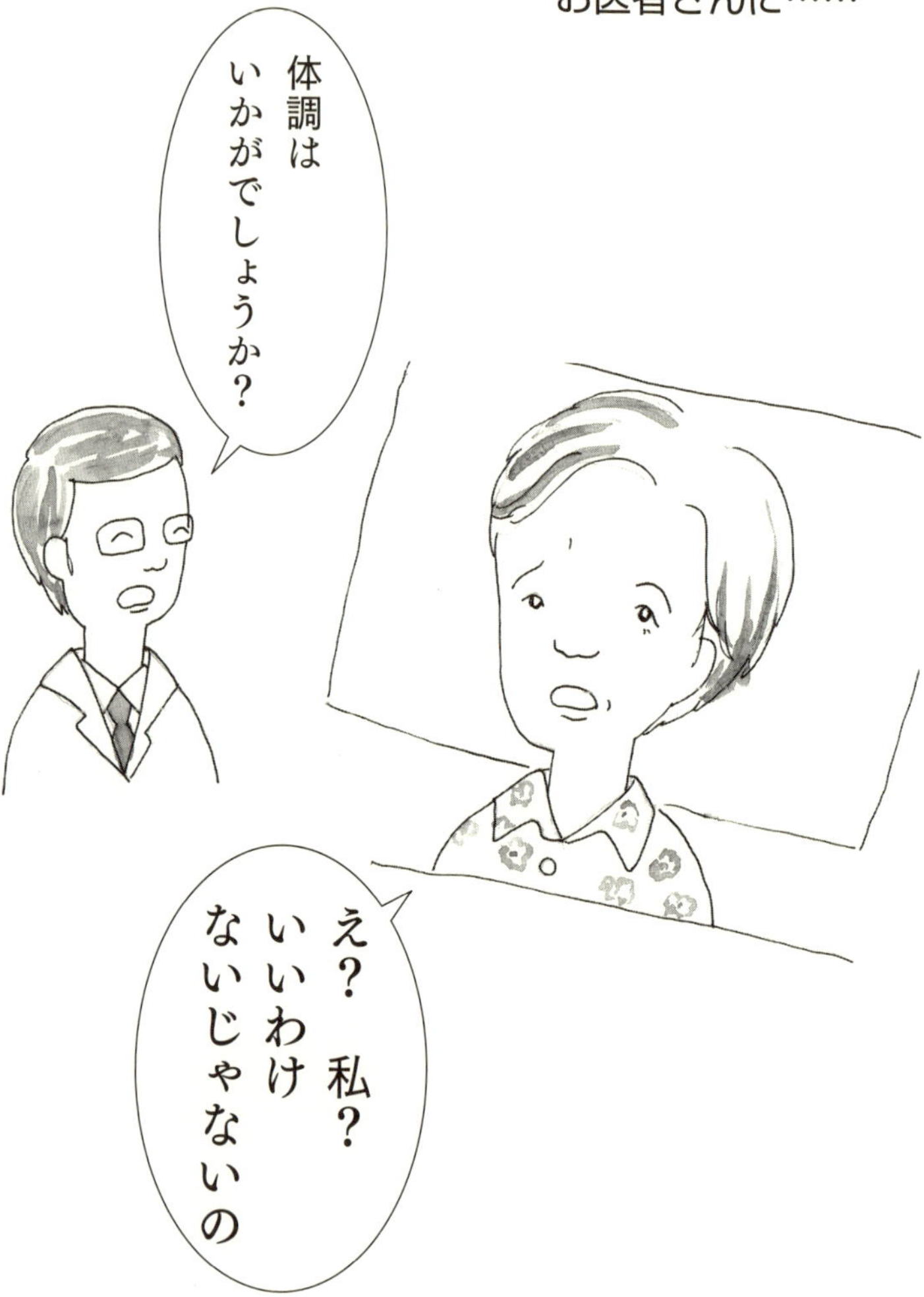
体調はいかがでしょうか？
え？ 私？ いいわけないじゃないの

6
＊母、2度目の脳梗塞にて再入院となる

２０２４年4月5日(金)。

ショートステイから母が帰宅する金曜日だった。

私はたまたまその日仕事の休みをもらって月1回の自分の受診のために自宅から30分ほどのところにある病院に行っていた。

受診が終わって薬局に向かおうとしている時にショートステイ先から連絡が入る。「今朝起床時よりいつもと様子が違って反応なく、食欲もない。血圧も高め」とのことだった。ケアマネージャーさんとも連絡を取り合い、訪問看護に電話でその旨を連絡した。私は当然受診できるものと思っていたのだが、「受診できるかどうか相談してみます」とのこと。結局は受診ができることになりひと安心したのだが、受診できなかったらどうしたらよいのか？　と、その時はかなり焦った。

その病院は母が行っているショートステイのすぐ目と鼻の先にあるのだが、ショートステイのスタッフが連れて行くことはできないとのことで、以前受診の時にお世話になった

介護タクシーをお願いした。たまたま同じ病院に行くのに利用するお客さんがいるとのことで、すぐに都合がついて大いに助かった。

自分も急いでショートステイへ車を走らせた。スタッフの方々が心配顔で迎えてくれた。介護タクシーとの約束の時間には間に合ったのだが、ひと足先に病院へ向かってくれたとのこと。自分も病院へ急いだ。


母はかろうじて車いすに座っていたが確かにいつもと様子が全然違った。表情がものすごく険しく、こちらの問いかけにも反応がなかった。

診察の結果は脳梗塞だろうということで、入院することになった。

積極的な治療をということになると専門医のいる病院へ転院することになるのだが、弟とLINEで相談して保存的療養ということにして、転院はしないことに決めた。これは入院の時のお決まりに聞かれることだが心臓が止まった時の心臓マッサージなどもしなくてよいということにした。

こういうことの決定の際にいつも弟がいて良かったと思った。

親とはいえ自分じゃない人の生死にかかわる決定を自分ひとりでしないといけないのは

苦痛以外の何物でもない。

診察が終わってその日別れる時には母の表情が少し戻ってきており、私の冗談に少し笑ったり動く方の手を何度も伸ばして私の腕を触ったりしていた。少し安心した。

その病院の面会は14時から17時までの間10分間ということで、毎日でも大丈夫だった。仕事帰りに毎日のように通った。

これ以降、母はもう声が出せなくなっていた。

面会の際にはスマホで母の好きな童謡や唱歌などを聞いてもらったり、うさこちゃんの本を読んだりして過ごした。その日によっては目も開かず、表情もほぼ動かない。そんな日は見舞うこちらもとてもつらい。ただでさえ仕事で疲れて急いで面会時間ギリギリに行っても、そんな反応のない母の様子にすっかり萎えた気持ちで帰路に着いたことが何度あったことか。

それでも4月10日（母の誕生日だ）には爪が伸びているのを見て、「爪がよく伸びるねぇ。背もこのくらい伸びたらいいのにねぇ」（母も私も背が小さいのでよく言う冗談だった）と言ったら、笑って笑い過ぎてむせていた。4月13日に看護師から口からの食事が少しできるようになったと言われた。

音楽を聴いてもらおうとしてスマホを耳の近くに寄せている時に手が滑って低い位置からだけど母の顔にスコッと当たった。「あ、ごめん。手がすべっちゃったよ」と言うと、笑ってまたもやむせていた。

4月16日には食事は全量食べられることもあるとのこと。「食が進むかもしれないので、お母様の好きなものを持ってきてください」と言われたので、いつも朝食時に食べていたカボチャプリンを持参したりした。

作っては冷蔵しておいたものが、まだたくさん冷蔵庫の中に残っていたので喜んで持参した。

「食べてくれましたよ」そんなひと言がとても嬉しかった。私も少しは役に立てている。そう思うことができたからだ。

また、うちに来てくれていた訪問リハビリのスタッフさんが母を見て下さっているとのこと。その人が冗談を言うと笑っていたとのことだった。

この頃の母はあまり表情がないことが多かったので、私はリハビリのスタッフさんにちょっとジェラシー……だが、後から思えばいつも私は仕事を終わってから行っていたので16時過ぎての面会となっていた。入院生活中とはいえ1日やることがいろいろとあった後の時間だったので、母も疲れていたのだと思う。

母の転院

入院から２週間が過ぎて急性期医療から次を考えなければいけなくなってきた。

今後の選択肢としてあげられたのは３つ。

① 家での介護

② 療養型病院に転院

③ 介護医療院に転院

②と③の違いは医療が主か、介護が主かの違いとのこと。

ここも弟と相談して③の介護が主の病院への転院とすることに決めた。

看護師さんからの話を聞くと訪問看護が利用できるのは週1回程度とのこと。自宅でみるのはかなり難しいでしょうということだった。ただ衰弱していく母をなすすべもなく見守るだけになりそうだった。その頃、私は新しく仕事を始めて研修期間だったのでそんな時に辞めるわけにもいかない。仕事を続けるには入院前のようにショートステイに通いながらになるだろうが、はたしてショートステイがこの状態の母を受け入れてくれるかという問題もあった。

残念だが、母をこれ以上自宅でみることはできないと思った。


一時は回復傾向にあった食べ物の口腔よりの摂取だったが、徐々にそれも難しくなってきていた。栄養補給は口からが1食程度で後は血管から入れている状況となっていたのだが、末梢血管がもろくなっているので、それも限界がある。この時は腕の血管がダメになって、足の血管を使っていたのだがそれも限界だった。太い血管に付け替えないといけないとのこと。そうなると万が一にも手で管を抜いてしまったら命取りになるので、抑制も致し方ないのだが、了承いただけるかとのことを聞かれた。

抑制と聞けばおどろおどろしいが、母の場合動く右手に平たいミトンをすることとくらいか。それでも1日中となると鬱陶しいだろうとも思うが、背に腹は代えられない。了承する。

若い頃の母といえば、寒い冬でも鬱陶しいからと言って家では靴下を脱いでいたし（しもやけができていたのにもかかわらずだ）、庭仕事の際にも同じ理由で手袋もせず素手でやっていたことを思えば気の毒ではあるが致し方ない。

1日1食でも経口摂取できているうちはよかったのだが、4月29日には朝食、昼食共に口からの食事はひと口のみとなっていた。すぐにむせてしまってそれ以上は食べ続けることができなくなっていたのだ。

母のベッドの横にその日食べたものを記録したボードが下げてあり、いつもそれをのぞいてみるのだがだんだん口からの摂取は難しくなっている様子が見て取れた。

その様子を見て私が、

「私は口から食べられるうちに食べたいものを食べるようにするね。お母さんを見ていてそう思った」

と、言うと母は笑っていた。


5月に入ると、前出の太い血管にも管を通すことができなかったと告げられた。血管が予想以上にもろくなっていたからである。母の首元に貼られた大きな絆創膏が痛々しい。

鼻から管を通すことになった。

これで母は口から食べ物が食べられなくなってしまった。

味わうことはたとえそれが歯ごたえのないミキサー食だとしても数少ない楽しみのひとつであっただろうと思う。

本当にやり切れない思いがした。

好きな音楽も1日のうちに10分だけ（私が面会の際にスマホでかける音楽）で、あとは関わってくれる若いスタッフの声掛けだろうか。

こんな時にスタッフが、「今日はお風呂に入って気持ちいいと声には出せないながらも口を動かして訴えてくれたんですよ」との話をしてくれた。

あ、これがあったか。

母は子供時代は温泉旅館で育ったこともあってお風呂に入るのが何より好きだった。良かった、少しでも気持ちのいい時間を過ごすことができて。

スタッフにとったら要介護5の重度で身体がかちかちの高齢者の入浴介助ははっきり言って負担が大きい重労働だろうと思う。だが、寝たきりの人間にとって、入浴は大きな楽しみだと思う。その喜びはまた家族の喜びでもある。入浴させてくれるスタッフに感謝したい。

母の日に

ちょうどその頃私は母への気持ちをまとめた文章を書いていたので、それを母の枕元で読むことにした。

「お母さんへ」

お母さん、お母さんが最初に倒れてからもうすぐ2年近くになりますが、これまでお母さんが頑張っている姿を見て、私も弟もお母さんすごいねと機会あるごとに話しています。

体の自由が利かない毎日は根が働き者のお母さんにとってはなによりつらいものだったのではないかと思います。

それでも腐ることもなく毎日淡々と、時に笑顔を見せてくれて私はそのことにいつもホッとし、なぐさめられています。

そして自分が一番つらいだろうにそんな状況の中にもうちを訪れる看護師さんや、リハビリのお兄さん、ケアマネさんなど皆にいつもきちんと挨拶をする姿を見て、すごいなといつも感心しています。

若い頃のお母さんといえば、いつも働いていた印象があります。午前中は団地の郵便配達をして、習字や絵の先生もこなして、そして疲れた様子も見せないで毎日手作りの工夫した美味しい食事を作って私たちに食べさせてくれました。栗のない栗ご飯はいつまでも記憶に残る料理のひとつですし、天ぷらを揚げる時に油が跳ねても大丈夫なように新聞紙に穴を開けてお面にしてやっていた姿は傑作でしたね。

年の瀬には郵便業務を無事済ませると、紅白を見ている家族をしり目にお正月のおせち作りに精を出してくれました。本当に元気だったね、お母さん。

家族みんなが大好きな餃子もふたりでせっせと包みましたね。

誕生日には桶一杯にきれいな散らし寿司も作ってくれました。美味しかったよ。

あと私がよく思い出すのは人形劇です。

夜、家事を済ませていつも帰宅の遅かったお父さんが帰ってくるまでの時間、大きな布を広げて舞台背景を描いたり、発泡スチロールを削って半紙を貼って色を塗って人形を作ったりしていました。

子供ながらにそれを見ていてお母さんすごいなと思っていたのですよ。

吹き替えも上手でしたよね。Ｋさんが熊の声や、大人の声をやって、お母さんが子供の声をやって。

お父さんと私の間のことで何かあった時に、お母さんが緩衝材となってとりなしてくれていました。ありがたかったです。

お父さん、変わった人だったもんね。


お母さんが私に家事を手伝うよりも勉強をしなさいという感じだったのをいいことに、私は自分の部屋で勉強をするふりをして居眠りばかりしていました。見つかってよく叱られましたね。

私はお母さん、お父さんの期待に沿えず、大人になってもなかなか仕事になじむことができず、結婚もせず、今もあいかわらず苦労が絶えない毎日を送っています。

お母さんを安心させることができなくてごめんなさい。

お母さんと一緒に暮らすようになってからもケンカばかりして、決していい娘ではありませんでした。

なんで一番身近にいる人と仲良く暮らせなかったのかと、今は反省しかありません。

それでも人の多さに驚きながら手をつないで見た千鳥ヶ淵の桜は見事なものだったし、いろいろな温泉に行っては背中を流し合ったりしたし、回転ずしにも結構通ったよね。

お母さんが美味しそうに食べているのを見るのが私は好きでした。

ソフトクリームも好きだったよね。まるで子供のように本当に美味しそうに食べていたものです。

ふたりで出かけたアジサイで有名な麻綿原高原はまだ少し時期が早すぎて肝心のアジサイの花がほとんど見られなかったのにもかかわらず、「ここに咲いていると思って見ればいいんだよ」とお母さんが言ってくれて。もてなし下手な私はその言葉がやけにありがたかったです。

あれがふたりで出かけた最後になりましたね。

ひとつ気になっていることがあります。

お父さんが亡くなってからお母さんは絵を描きたいと言っていたのに、私と暮らし始めてからあまり描くことがなかったことです。

そのことが私の一番の気がかりなことです。

私と一緒に暮らさなかったらお母さんは自分の暮らしができて、絵だって描くことができたのではないかと思うのです。

庭の草取りや、犬の世話で忙しくさせてしまって、絵を描くどころじゃなかったかな。

それでもタラベとハナやんと共に過ごしたドタバタな毎日はそれなりに私たちらしい暮らしだったのかなと思っています。

今お母さんが頑張っている姿を見て、私も毎日頑張っています。

もうお母さんは何も言えなくなってしまったけれど、その姿で私に「頑張って」と言ってくれているのだなと思っています。

私が死ぬ時一人でも寂しくないように化けて出てきてくれるっていう約束、覚えていますか？

これだけは忘れないでくださいよ。

ありがとね。お母さん。

私を産んで育ててくれてありがとう。


聞いている途中から母は泣いていました。

私も半分泣きながらこれを読んでいた。

この頃の母はあまり表情がない状態で、まったく張りのない面会が続いていたのだが、これは伝わったかなと思った。


気をよくしてその後はしばらく、母が私たち兄弟の母子手帳と共に大事に取ってあった弟の小学校1年生の頃の作文ノートを持って行って読んでいた。

その中に雪の降った日に自分なりに工夫してカマクラをこしらえて楽しんでいたのに、年上のワルガキにそのカマクラを壊されて悔し泣きをしてしまうという話があった。これはなかなかに力作で感動を誘う。

母があえてこれを大切にとっておいた気持ちがよく分かる。子供らしい痛いほど素朴な心情がつづられたこの作文が読む者に訴えるものがあったのだ。

そういえば昔これをもとに私は絵本を書きコンクールに出品して入賞したことがあった。

考えてみたら自分の作ったもので公に評価を受けたのは後にも先にもこれが最初で最後だった。ありがとう弟よ、である。

学校を卒業して最初の就職に失敗して（この時は2年間頑張った）その後の求職活動中に書いたのだった。

カマクラを壊されて泣きじゃくっている弟に向かって、当時4年生だった私は偉そうに、「男のくせにそんなことで泣かないの！」と冷たく言い放っている。なんとキツイ姉であったことか。ここは姉らしく優しく声をかけないといけない場面であるぞ。昔の自分がめちゃくちゃ恥ずかし

い。穴があったら入りたい。許せ、弟よ！

話を戻すが、これを読むと当時小1の弟が笑っちゃうくらい毎日よく遊んでいるのがうかがえる。懐かしい先生や友達の名前もたくさん出てきた。読むうちに私もいろいろなことが思い出されてきて、これは母に話しかけるよい材料になった。

母の反応もまずまずあって、なによりだった。

ゴールデンウイークには弟がうちに来て、2回母と面会していった。

初めの日は母の反応が薄くてこれは私のせいでもなんでもないのだけれど、なんだか弟に悪くて……せっかく来てくれたのに頼むよ、お母さん。なんて思ったりもしたが（私はマネージャーか？）2回目の時には久しぶりに笑顔も出て大いにホッとした。

私は毎日のように顔を見ているので母の弱っていく様子をグラデーションで認識できているのだけれど、弟はその変化がもっと大きく激しく感じられていることだろう。そのショックを顔には出さなかったけれど、せっかくの休みに大変なことだったろうと思う。

この後、ほどなくして私は3月からせっかく勤め始めた会社を3か月の研修期間を終えることもなく辞めることにした。これは自分の就職人生の中でも最短である。これまでやっていた仕事以外のことがやってみたくて始めた仕事でやりがいもあったし、スタッフもみんな気持ちのいい人たちばかりだったのに、肝心の自分が箸にも棒にも掛からず、迷惑をかける一方の日が続いて仕事を続けることがたまらなくつらくなってきてしまった。まるでダメだったのだ。本当に残念としか言いようがなかった。

またもや、「求職と介護の日々、振り出しに戻る」である。

そこでは研修期間中であったし、働いている時間は6時間と通常よりも短いものであった。おまけに朝の出勤時間を遅らして入ることは基本ダメな職場であったため、母のショートの送り出しがある火曜は出勤することができず、水曜から金曜までの3日間しか働いていなかった。それだと正式に就職したとは認定されず、働いていない日は失業保険の支給を受けるという形だった。

それがまた、フルに失業保険を受けながら職探しをする日々に戻ったわけである。

そうこうするうちに母の転院先が決まった。

この辺りでは珍しく介護を中心に見てくれるという介護医療院という制度のあるA病院だ。

ここもこれまで入院していたI病院が家から5分だったのが、10分となりちょっと遠くなっただけで気軽に行ける距離にある病院。母が最初に倒れた時にも一度話を聞きに行ったことがあった。

相談員の方もドクターも患者に寄り添ってくれそうな雰囲気があった。

これが5月8日で、ベッドが空いたら転院という運びとなる。

実際に転院になったのは同月29日のことだった。

転院

久しぶりに寝巻から普段着に着替えさせてもらった母。

転院のことは何度も説明しておいたからか、その日の通常ならざる雰囲気を察してか、母も状況はなんとなく分かっているようで、スタッフの方々が忙しい中を集まってくれ声をかけてくれると泣き顔を見せた。そして声にならない声としぐさで何かを必死に訴えようとしていた。

お礼を言いたかったんだよね。自宅療養中も訪問して下さる皆さんにはいつもちゃんと挨拶とお礼をしていたからきっとそうだったと思う。

母に成り代わって皆さんに丁重にお礼を言った。

看護師や薬剤師の方から今後のことについて説明があった。その間を縫って自宅療養中の時にお世話になったリハビリのスタッフさんが顔を見せてくれてこれはありがたかった。

入院中の母のリハビリも午前中にみて下さっていて、よく母が笑っていたことを午後のリハビリスタッフさん（この方とはよく面会の時間と合って話をすることができた）から聞いていたので、いつか直接お礼が言いたいものだと思っていたからだ。確実に母の退屈な入院生活に貴重な彩を加えてくれた人のひとりである。

いつも午後は訪問リハビリに出かけていたので午後から面会に行っていた私とはこれまで会うことはなかったのだ。顔を見てお礼を言うことができて本当によかったと思った。仕事を都合してわざわざ時間を取って下さったのかもしれない。ありがたいことである。

転院先の病院に着くとすぐにベッドに行けるかと思ったら、早速母の診察が始まった。これまでずっと単調な入院生活だったから、母にとってこの日はかつてないほどの目まぐるしさだったのではないかと思う。とても疲れたんじゃないかな。もうちょっと。もう少しと励まし続ける。

その日の母は気が張っていたせいか反応がよい。笑顔をみせたり、受け答えもしぐさでできたようだった。

「これくらい反応があると、面会し甲斐がありますね」と付き添いのスタッフに言われた。「今日はとても反応がいい方です」と答えたが、ひょっとしたらこの人も反応のない人の見舞いに行った経験があったり、そういう反応のない人の見舞いをする家族の様子を見たりして、そのつらさを知っているのかなと思ったりした。

最後のドクターとの話では「とにかく母が毎日を安楽な気持ちで過ごすことができるよ

うにと願っています」という気持ちを伝えた。

転院前のＩ病院は面会が10分間とはいえ毎日できたが、転院先のＡ病院は月２回の予約制。祝日を除く水・木・土　おおむね30分間ということだった。

30日が木曜で５月最終の面会日なので早速予約をしてどんなところか見たかったし、疲れていないかと気になって顔を見に行った。

建物は年季を感じさせたものの、いい風が入ってきて外からは鳥の声が聞こえるいい環境にあった。

母も思いのほか元気そうで、両目を開いていた。

30分なのでスマホの曲もたくさん聞かせることができる。

「青葉城恋唄」「バラが咲いた」などかけているうちに曲が思い浮かばなくなる。ユーチューブで「傘地蔵」の読み聞かせがあったのでそれを流した。そういえば行き当たりばったりでこれをかけたのだが、母が若い頃にやっていた人形劇でこれをやったことがあったなあと思い出した。母も聞き入っていた。

前の病院でもそうだったのだが、ここでも声を出し続ける利用者が別室におり、私がいる間ずっとホーミーのような声を出して何かを訴え続けていた。仕方のないことだが、1日これを聞き続けるのかと母が気の毒になった。

そうこう過ごすうちに疑問が浮かび出した。「ここは医療療養型の病室なのではないだろうか？」と（病院内に医療療養型の病棟と介護医療院棟がある）。

この病院を選んだのはこの辺りでは珍しい介護療養院があることが一番の決め手であったので、何かの手違いでもしもそうなら困ると思った。

まずは元いたI病院の相談員さんに聞いてみると、「介護型が希望であることは伝えてありますが、介護型が適当かどうか判断するのはA病院なので、申請は医療療養型で行いました」とのことであった。そのことの説明は私の記憶にはない。しかし、もう転院してしまったのだから仕方がない。今度は今いるA病院の相談員にその旨を聞いてみると、「空きがないのでとりあえず医療療養型の方に入ってもらっています」との返事だった。その説明も聞いた覚えがない。「希望申請書類を次の面会日に来た時にでも受け取って記入提出してください」とのことであった。転院の日にすぐには介護療養院の空きがないことを説明し、介護型希望書類も渡してくれるのが筋ではないだろうか？

これまでお世話になった病院にもこれからお世話になる病院にも文句は言いたくないの

だけれど、ちょっと「え？」と思った次第であった。

たまたまタイミングよく転院後すぐに面会日だったからこのことにすぐ気が付くことができた。もっと気が付くのが遅くなっていたら介護型に入れるタイミングを逃したかもしれないではないか？

母がした介護

母自身は両親を幼い頃に亡くしているので、母が携わった介護といえば義理の父（私の父方の祖父に当たる人）と、夫である私の父のふたりである。

母が祖父の介護をしている時、私は実家から離れて仕事をしており、うちに帰るのはお正月くらいだった。母が介護する様子はほとんど知らないで過ごしていた。

父親も弟も仕事に出ていたのでほぼほぼ母がワンオペで見ていたと思う。

その時は今のように介護制度も整備されていなかっただろうし、狭い団地の中で日中はふたりきり。お互いにさぞ気づまりであったことだろうと想像される。祖父はまだ自分の足で歩けて普通の生活ができていたのだが、食事の世話、車がなかったので徒歩での通院に付き添っていた。

そのうちに祖父はホームシックになってしまい、元いた家に自力で戻ってしまうことになる。

それだけまだ祖父は元気だったのだろうと思う。

一生懸命お世話をしていた舅に家を出ていかれた時、母は何を感じたのか。

私といえば、そんな様子を時折の電話で聞く程度だったと思う。私に比べて母はあまり愚痴を言う人ではなかったので、冬に湿布を貼る時に祖父が「冷た～い。冷た～い。」と言っていたことなど笑い話のようなことしか、私の記憶には残ってはいない。

また、父が肺がんで闘病した時には私も弟も家から出ていたので、完全に母のワンオペだった。

父はぎりぎりまで描きたい絵を描いており、それを描き終えてやっと行った病院でガンが見つかったときにはもう手の施しようがない状態だった。そのため介護の期間はそれほど長くはなかった。とはいえ、しっかり最後までみとったし、父の死後は役所での各種手続きなどもひとりでやっていた。

思えばその時の母は今の私と同じくらいの年齢だったのだなぁ。

義理の父親と夫のふたりを介護した母。私のようには大騒ぎをせず、それらを淡々と自分のつとめと自然に受け止めて誠意をもって遂行していた……そんな印象。

できることならその時の母と話をしてみたい。

日々の介護生活を送る中で何を考え、感じていたのか。ゆっくり話を聞いてみたい。

ひとりで介護をしていて気持ち的に一番助かるのは私の場合は介護の経験のある人と話をすることだ。

介護とはそれを周りから見ている人、たとえば遠い場所に暮らしていた当時の私のような人間には「大変そうだ。」というところまでは想像がつくのだが、やっている本人にとってみたらそれは実際本当に大変なことだからである。

母とのこと

若い頃の母はとても強い人だった。

だからへなちょこな私は母が弱った今、やっと対等に向き合って付き合うことができるようになってきたと感じている。

介護は気力、体力、時間などが必要で、決して楽なことではないのだが、それを秤にかけたとしても母と貴重なひと時を過ごしていると実感できたことを強調しておきたい。

あとがき

現在も母の介護医療院での療養生活は続いている。

母がもう家に戻ってくることはないということが決まってからレンタルしていたベッドや車いすを返却したり、それに伴う家具の配置換えなどを少しずつ行っている。

余ったオムツやパッドは病院に持って行って使ってもらうようにした。

母用に作ってストックしておいた食料のアイスキューブなどは結構残っていたのでスープにしたりと工夫して自分で消費していくようにしている。それらは寂しい作業ではあるが、これからまた新たな形で生活をしていかなければならないという小さな覚悟を私に抱かせてくれるささやかな作業でもある。


これまで何度か出て来たM先輩からこんな言葉を聞いた。

「親の介護は親が子供にする最後の子育てである」ということだ。

新聞の読者欄の投書を見てこの言葉を知ったとのこと。今もこの記事の切り抜きを大切に手元に置いてありLINEでその写真を送ってくれたりもした。

……なるほどね。そういうことでしたか。

お母さん、私のことをしっかりと育てることができましたか？

両親とも若かったからだと思うけれど、私の幼少期はなかなかのスパルタで育てられてきた。第一子だから必要以上に力が入ってしまったということもあったろうと思う。若い頃には大いに反発もしたが、今となっては一生懸命育ててくれていたのだなとほほえましく思えてしまう。

そんな彼らの一生懸命さが報われることもなく、なんとなく私は大人になり親から独立してこれまで生きてきたと思っていた。

しかしである。どっこい子育てはまだ終わっていなかったのだね。この2年間、自らをさらけ出し切った母とおまけのタラベから私はいったい何を学んできたのだろうか。そしてそのおかげで少しは成長することができたのだろうか。

母とタラベの介護を通じて私がどのように成長したかは定かではないものの、これらの日々が私の人生の大きな節目のひとつとなったこと、これだけは確かなこと。

世間の人は介護を粛々と受け入れ、そして何事もなかったかのようにその後を淡々と過ごしているように私には見受けられる。たいていの人は結婚をして、子供が生まれて、そういった一連の中に介護は出てくるものだからだ。

それに引き換え、私はといえばこの年になるまで結婚もせず、子育てもせずに過ごしてきた。たぶんそれらのことが抜けているいわゆるおひとり様である私にやってきた「親の介護」は、私にとってメガトン級の出来事として認識されてしまったというわけだ。だからおおげさにこんな本まで書いてしまったとしても致し方ないことなのだな。書かずにはいられなかったのだ。

今後も自分の老後のために仕事はもう少し続けていかねばならないというのに、年齢分だけしっかりと体に不具合が出てきて参ってしまう。がしかし、そのことにガックリしている場合ではない。まだまだこれからだ。

かろうじて自分で歩くことができて、食事も口から摂れて、目だって耳だって衰えてきていてもだましだましやっていけば使えるではないか。

せっかく苦労しながらもここまで生きてこられたのだから、これからの日々もささやかな楽しみを見つけながらちゃんと命を全うするべくやっていきましょうか。

この場をお借りして陰になり日向になって私たち母娘と犬を支えてくれたたくさんの医療・介護にかかわるスタッフの皆さんに感謝。

そして私たち母娘のことを面白がってくれ、たゆまぬエールを送ってくれたたくさんの友人に感謝。

最後になりましたが本を出すという初めての試みを力強く、又優しく支えてくれた文芸社の方々に感謝したいと思います。

今まさに親の介護をされている方々と、これから介護をする方々、もう済ませちゃった方々がこれを手に取って、クスッと笑ってくれたなら、私は最高に幸せに思います。

ウンコとシッコのやたらと出てくるこの話を、最後までお読みいただきありがとうございました。そしてあなたの介護に幸多かれと願っております。

２０２４年６月30日

あとがき

かねこ　つなこ

著者プロフィール

かねこ つなこ

生年月日　1962 年 7 月 13 日
出身地　東京都

主な経歴
　東京都で生まれて青年期は神奈川県
　東京造形大学卒（テキスタイル専攻）
　婦人服地商社、陶磁器工房
　青年海外協力隊参加（任地ホンジュラス）
　介護職員ののち幼稚園補助員、現在に至る

母を看る　犬を看る　おひとり様女子の介護録

2025年 2 月15日　初版第 1 刷発行

著　者　かねこ つなこ
発行者　瓜谷 綱延
発行所　株式会社文芸社
〒160-0022　東京都新宿区新宿1－10－1
電話　03-5369-3060（代表）
03-5369-2299（販売）

印刷所　株式会社フクイン

ISBN978-4-286-26207-9